कालजयी हिंदी कहानियाँ

अरुणोदय प्रकाशन
21-ए, अंसारी रोड, दरियागंज,
नई दिल्ली-110002

कालजयी हिंदी कहानियाँ

संपादक

डॉ. रेखा सेठी
रीडर, हिंदी विभाग
इंद्रप्रस्थ कॉलिज
दिल्ली विश्वविद्यालय, दिल्ली

डॉ. रेखा उप्रेती
रीडर, हिंदी विभाग
इंद्रप्रस्थ कॉलिज
दिल्ली विश्वविद्यालय, दिल्ली

अरुणोदय प्रकाशन

4695, 21-ए, दरियागंज, नयी दिल्ली 110 002

फ़ोन: +91 11 65456829

Kaljayee Hindi Kahaniyan

Edited by Dr. Rekha Sethi & Dr. Rekha Upreti

ISBN : 81-88473-59-6

Stories

संस्करण 2007, 2008, 2009, 2010, 2011, 2012, 2013

आवृत्ति 2014

मूल्य : ₹ 75

शुभम् ऑफसेट, दिल्ली-110 032 में मुद्रित

अनुक्रम

हिंदी कहानी का विकास

कहानी गद्य साहित्य का अत्यंत लोकप्रिय रूप है। विश्वभर के साहित्य में प्राचीन काल से ही कहानी की परंपरा के सूत्र खोजे जा सकते हैं। भारत में भी कथा-साहित्य की लंबी और विकासमान परंपरा रही है। वेदों, उपनिषदों, बौद्धजातकों, पुराणों और महाभारत के अनेक प्रसंगों में विभिन्न कथाओं के सूत्र बिखरे हुए हैं। विशेष रूप से पंचतंत्र और हितोपदेश की कहानियाँ विश्व भर में प्रसिद्ध हैं। किंतु गद्य की जिस विशिष्ट विधा को आधुनिक युग में 'कहानी' नाम दिया गया उसका स्वरूप प्राचीन भारतीय कथाओं से बिल्कुल भिन्न है। वस्तुतः आधुनिक कहानी अंग्रेजी की 'शॉर्ट स्टोरी' (और बांग्ला के 'गल्प') के प्रभाव से उपजी और विकसित हुई है।

हिंदी कहानी का उद्भव और विकास बीसवीं शताब्दी की देन है। यद्यपि कुछ विद्वान राजा शिवप्रसाद सितारेहिंद की रचना 'राजा भोज का सपना', सैयद इंशा अल्लाखाँ की 'रानी केतकी की कहानी' और भारतेंदु हरिश्चंद्र की 'अद्भुत अपूर्व स्वप्न' आदि रचनाओं को हिंदी की प्रारंभिक कहानियाँ स्वीकार करते हैं लेकिन इन रचनाओं में आधुनिक कहानी के मूल तत्त्वों का अभाव है। सन् 1900 ई. में हिंदी की महत्त्वपूर्ण साहित्यिक पत्रिका 'सरस्वती' का प्रकाशन हुआ तभी से हिंदी कहानी की विकास-यात्रा प्रारंभ हुई। 'सरस्वती' के साथ-साथ 'हिंदी प्रदीप' तथा 'छत्तीसगढ़ मित्र' आदि पत्रिकाओं ने भी कहानी के विकास में महत्त्वपूर्ण योगदान दिया। 1900 ई. में 'सरस्वती' में किशोरीलाल गोस्वामी की कहानी 'इंदुमती' का प्रकाशन हुआ, जिसे बहुत समय तक हिंदी की पहली कहानी माना जाता

रहा। बाद में इस कहानी पर शेक्सपियर की 'टेम्पेस्ट' का प्रभाव सिद्ध हो जाने के कारण इसकी मौलिकता पर प्रश्नचिह्न लग गया। लाला भगवानदीन की 'प्लेग की चुड़ैल' (1902), रामचंद्र शुक्ल की 'ग्यारह वर्ष का समय' (1903), बंग महिला की 'दुलाई वाली', माधवराव सप्रे की 'एक टोकरीभर मिट्टी' तथा 'एक पथिक का स्वप्न' आदि हिंदी की प्रारंभिक कहानियाँ हैं। इसमें से पहली मौलिक कहानी किसे माना जाए इस पर विद्वान एकमत नहीं हैं लेकिन इन सभी प्रारंभिक कहानियों ने मिलकर हिंदी कहानी के लिए ठोस भूमिका तैयार की।

'इंदु' पत्रिका के प्रकाशन के साथ हिंदी कहानी के विकास को गति मिली। 1911 में जयशंकर प्रसाद की कहानी 'ग्राम' इंदु में प्रकाशित हुई। प्रसाद के साथ ही प्रेमचंद तथा चंद्रधर शर्मा 'गुलेरी' का कहानी जगत में प्रवेश हुआ। इन तीनों कहानीकारों ने हिंदी कहानी को व्यवस्थित रूप दिया।

प्रेमचंद का प्रवेश हिंदी कहानी के लिए क्रांतिकारी घटना सिद्ध हुई। सच्चे अर्थों में मुंशी प्रेमचंद को हिंदी कहानी का जनक और पोषक माना जा सकता है। प्रेमचंद के अनुसार, ''सबसे उत्तम कहानी वह होती है जिसका आधार किसी मनोवैज्ञानिक सत्य पर हो।'' इसी विचार के अनुरूप उन्होंने घटनाओं के साथ-साथ चरित्रों की महत्-प्रतिष्ठा की। उन्होंने अपने पात्रों को यथार्थ की भावभूमि पर प्रस्तुत किया। मनुष्य को वास्तविक परिवेश के बीच उसकी समस्त शक्तियों और दुर्बलताओं के साथ अंकित किया। यथार्थ के धरातल पर स्थित होने के कारण इनकी कहानियों की भाषा शैली भी सरल, सहज, मुहावरेदार और प्रवाहपूर्ण है। प्रेमचंद ने लगभग तीन सौ कहानियाँ लिखीं जो 'मानसरोवर' नाम से आठ खंडों में संकलित हैं। 'पंच परमेश्वर', 'बड़े घर की बेटी', 'मंत्र', 'मुक्ति मार्ग', 'दो बैलों की कथा', 'बूढ़ी काकी', 'शतरंज के खिलाड़ी', 'पूस की रात', 'कफन' आदि इनकी महत्त्वपूर्ण कहानियाँ हैं। हिंदी कहानी को व्यवस्थित कर उसे प्रौढ़ रूप प्रदान करने वाले कहानीकार प्रेमचंद के नाम पर ही इस युग की हिंदी कहानी को 'प्रेमचंद युग' के नाम से जाना जाता है।

जयशंकर प्रसाद ने 'ग्राम' कहानी के द्वारा हिंदी कहानी में प्रवेश

किया। प्रेमचंद के समकालीन होने पर भी प्रसाद की कहानियाँ विषय और शिल्प के स्तर पर प्रेमचंद से एकदम अलग हैं। प्रसाद की कहानियों में संस्कृति, इतिहास और परंपरा के स्वर प्रबल हैं। ये कहानियाँ भाव प्रधान हैं इनका मूल विषय राष्ट्रीयता, प्रेम, कर्तव्य, त्याग आदि आदर्श मूल्यों से जुड़ा हुआ है। प्रसाद की कहानियों में पात्रों के भीतर चलते अंतर्द्वंद्व का काव्यात्मक चित्रण हुआ है। विषय के अनुरूप उनकी भाषा भी परिष्कृत और संस्कृतनिष्ठ है। 'आकाशदीप', 'पुरस्कार', 'ममता', 'गुंडा', आदि उनकी प्रमुख कहानियाँ हैं।

चंद्रधर शर्मा 'गुलेरी' ने 'बुद्धू का काँटा', 'सुखमय जीवन' और 'उसने कहा था' नामक तीन ही कहानियाँ लिखीं। कहानी के क्षेत्र में उनकी प्रसिद्धि का आधार 'उसने कहा था' रही है। यह गुलेरी जी की ही नहीं हिंदी की भी अत्यंत मार्मिक, प्रभावशाली और लोकप्रिय कहानी मानी जाती है।

इस युग में प्रेमचंद की यथार्थवादी सामाजिक दृष्टि लेकर अनेक रचनाकार कहानी लेखन में प्रवृत्त हुए। विश्वंभरनाथ शर्मा 'कौशिक' ने 'काकी', 'न्याय' आदि कहानियाँ लिखीं। सुदर्शन ने 'हार की जीत', 'सूरदास' आदि कहानियों द्वारा यथार्थोन्मुख आदर्शवादी कहानियों की परंपरा को आगे बढ़ाया। प्रेमचंद की इस सुधारवादी और आदर्शवादी परंपरा के साथ-साथ आचार्य चतुरसेन और पांडेय बेचन शर्मा 'उग्र' ने सामाजिक कुप्रथाओं, रूढ़ियों और मृत परंपराओं के विरुद्ध विद्रोह की कहानियाँ लिखीं। चतुरसेन की रचनाओं में 'दुखवा मैं कासे कहूँ मोरी सजनी' और 'दे खुदा की राह पर' कहानियों को काफी प्रसिद्धि मिली। उग्र की 'चाकलेट', 'गोली', 'जल्लाद' आदि कहानियाँ प्रसिद्ध हुईं।

प्रसाद की भावात्मक शैली पर चंडीप्रसाद हृदयेश, रायकृष्ण दास, विनोद शंकर व्यास आदि ने कहानियाँ लिखीं। वृंदावनलाल वर्मा की कहानियाँ सोद्देश्य तथा ऐतिहासिक हैं। प्रेमचंद युग के अन्य प्रसिद्ध कहानीकार हैं—पारसनाथ त्रिपाठी, जिज्जा, ज्वालादत्त शर्मा, राधिकारमण सिंह आदि। समय के साथ-साथ हिंदी कहानी के प्रकारों में भी विविधता आई और चरित्र प्रधान, वातावरण प्रधान, कथानक प्रधान, कार्य प्रधान, प्रतीक संबंधी, हास्य प्रधान आदि अनेक प्रकार की कहानियाँ लिखी गईं।

शैली की दृष्टि से भी वर्णनात्मक, संभाषणात्मक, पत्र, डायरी आदि विविध विधियाँ अपनाई गईं।

प्रेमचंद युग के बाद हिंदी कहानी अनेक नवीन धरातलों पर विकसित हुई। हिंदी कहानी लेखन पर रूस की मार्क्सवादी विचारधारा तथा फ्रायड के यौन सिद्धांत का भी व्यापक प्रभाव पड़ा। प्रेमचंद के पश्चात् हिंदी कहानी में नई दृष्टि और सशक्त शिल्प लेकर आने वाले लेखक हैं—जैनेंद्र। उनकी कहानियों में हृदय जगत की सूक्ष्म मनोवृत्तियों का विश्लेषण है। विचार उनकी कहानियों के केंद्र में है और ऊपर से सीधी सपाट लगती भाषा मन के गूढ़ रहस्यों को खोलने में समर्थ है। 'एक रात', 'ध्रुव यात्रा, 'नीलम देश की राजकन्या' आदि इनके प्रमुख कहानी-संग्रह हैं।

जैनेंद्र के समान ही मनोवैज्ञानिक कहानियाँ लिखने वाले महत्त्वपूर्ण रचनाकार हैं—अज्ञेय और इलाचंद्र जोशी। अज्ञेय की कहानियाँ चरित्र प्रधान हैं और उनमें जीवन के बाह्य संघर्ष की अपेक्षा अंतःसंघर्ष का चित्रण मनोवैज्ञानिक ढंग से किया गया है। 'खेल', 'कड़ियाँ', 'प्रतिध्वनियाँ', 'रोज', 'शरणदाता', आदि उनकी विख्यात कहानियाँ हैं। इलाचंद्र जोशी की कहानियाँ मनोविश्लेषणवाद से प्रभावित हैं।

यशपाल प्रगतिवादी विचारधारा से प्रभावित होकर लिखने वाले महत्त्वपूर्ण कहानीकार हैं। इनकी कहानियाँ सामाजिक यथार्थ से जुड़ी हुई हैं। उन्होंने समाज की सभी समस्याओं का केंद्र आर्थिक परिवेश को माना है। यशपाल की कहानियाँ रूढ़िग्रस्त समाज के खोखलेपन को उजागर करती हैं। 'प्रतिष्ठा का बोझ', 'पुलिस की दफा', 'सुख-दुख', 'पराया सुख', 'परदा' आदि इनकी महत्त्वपूर्ण कहानियाँ हैं।

यशपाल के अतिरिक्त मन्मथनाथ गुप्त, रांगेय राघव, भैरवप्रसाद गुप्त, नागार्जुन, अमृतराय, चंद्रगुप्त विद्यालंकार, विष्णु प्रभाकर आदि कहानीकारों ने भी सामाजिक सोद्देश्यता को अपनी कहानियों में व्यक्त किया। रांगेय राघव की कहानियाँ जीवन के गहरे अनुभवों से जुड़ी हैं। अमृतराय ने मध्यवर्ग की कुंठाओं का चित्रण किया है। चंद्रगुप्त विद्यालंकार की कहानियों में कथ्य और शिल्प की ताजगी है। विष्णु प्रभाकर ने समसामयिक पारिवारिक-सामाजिक जीवन को लेकर कहानियाँ लिखीं।

सन् 1950 के लगभग हिंदी कहानी में नई प्रवृत्तियों और शिल्प विधाओं का उदय हुआ। वस्तुतः स्वतंत्रता के बाद भारत की राजनीतिक और सामाजिक स्थितियों में जो परिवर्तन आए उन्होंने वैचारिक स्तर पर भी युवा कथाकारों को झकझोरा। 'नई कहानी' नाम से जिस आंदोलन की शुरुआत हुई उसने शाश्वत मूल्यों की अपेक्षा अनुभव की प्रामाणिकता पर अधिक बल दिया। नए कहानीकारों में मोहन राकेश, कमलेश्वर, निर्मल वर्मा, राजेंद्र यादव, भीष्म साहनी, धर्मवीर भारती और अमरकांत आदि ने महानगरों के जीवन को अपना कथ्य बनाया। विघटित होते सामाजिक और पारिवारिक मूल्य, संबंधों के बदलते स्वरूप और उसके कारण व्यक्ति का अकेलापन, टूटन और त्रास इनकी कहानियों में उद्घाटित हुए। मार्कंडेय, फणीश्वरनाथ रेणु, शिवप्रसाद सिंह ने ग्रामीण जीवन के अनुभवों की सुंदर कहानियाँ लिखीं।

नई कहानी और उसके बाद के कहानी आंदोलनों में महिला लेखिकाओं नें भी महत्त्वपूर्ण योगदान दिया है। मन्नू भंडारी, कृष्णा सोबती, शिवानी, उषा प्रियंवदा, ममता कालिया, मेहरुन्निसा परवेज, चित्रा मुद्गल, नासिरा शर्मा, मृदुला गर्ग, मैत्रेयी पुष्पा, चंद्रकांता आदि अनेक लेखिकाओं ने नारी जीवन को केंद्र बनाकर समकालीन समाज के जटिल यथार्थ को अभिव्यक्त किया। स्त्री की परंपरागत छवि के विपरीत इनकी कहानियों में स्वाधीनता के लिए संघर्ष करती, अपनी स्वतंत्र पहचान स्थापित करती आत्मनिर्भर नारी की सशक्त छवि उभरी है, स्त्री जीवन की समस्याओं के अंकन के साथ-साथ समाज में व्याप्त विसंगतियों को भी इन लेखिकाओं ने स्वर दिया है।

'नई कहानी' के बाद हिंदी कहानी निरंतर नई दिशाओं में विकसित होती रही है। नई कहानी ने यथार्थ की अभिव्यक्ति और अनुभूति की ईमानदारी पर बहुत बल दिया था। उसके बाद भी यथार्थ की अनेक परतें कहानियों में खुलती रहीं। बहुत-से कथा-आंदोलन एक विशेष दृष्टि के आग्रह से जीवनगत यथार्थ को अंकित करने में संलग्न रहे। 'अकहानी', 'समांतर कहानी', 'सचेतन कहानी', 'जनवादी कहानी'—इन सभी कहानी आंदोलनों ने कहानी के विकास में अपनी भूमिका निभाई और फिर समय के धुँधलके

में खो गए। नई कहानी के बाद कोई एक विशेष प्रवृत्ति केंद्र बनकर सभी रचनाकारों को एक सूत्र में बाँधे रही हो ऐसा नहीं हुआ।

अलग-थलग रचनाकारों का अपना विशिष्ट स्वर है। नेहरू युग के बाद का मोहभंग कहानी को बाह्य यथार्थ की अपेक्षा मनःस्थिति पर अधिक केंद्रित करता रहा है। भविष्य की कोई स्पष्ट निर्दिष्ट राह सामने नहीं रही। उस पूरे युग यथार्थ के प्रति ऊब, निराशा और घुटन की अभिव्यक्ति ज्ञानरंजन, दूधनाथ सिंह, काशीनाथ सिंह, गंगाप्रसाद विमल, रवींद्र कालिया आदि रचनाकारों की कहानियों में हुई। दूसरी ओर उसी समय में हरिशंकर परसाई, सर्वेश्वर दयाल सक्सेना, असगर वजाहत आदि की प्रतिबद्ध व्यंग्यपरक रचनाएँ भी सामने आईं।

बदलते समय के साथ-साथ समस्याएँ भी बदल रही हैं। राजनीति, व्यवस्था के सभी रूपों पर हावी होकर उसे भीतर से खोखला कर रही है। समाजवाद के अंत तथा भूमंडलीकरण के नाम पर एकध्रुवी होती दुनिया में पूँजीवाद का नया संकट उठ खड़ा हुआ है। मीडिया की ताकत का बोलबाला है और उसके सामने व्यक्ति-अस्मिता संकटग्रस्त हो रही है। उत्तर-आधुनिक समाज की सच्चाइयों ने कहानी के स्थापित ढाँचे में—उसके कथ्य और शिल्प में बहुत से परिवर्तन किए। इनके अतिरिक्त स्त्री-विमर्श और दलित-विमर्श के मुद्दे भी जोर-शोर से उठाए गए हैं। कहानीकारों की एक लंबी पंक्ति अपने-अपने दृष्टिबोध के साथ इन सभी स्थितियों की ओर ध्यान आकृष्ट कर रही है। जहाँ तक आज की कहानी की स्थिति और गति का सवाल है वहाँ यह निश्चित रूप से कहा जा सकता है कि कहानी उत्तरोत्तर विकास कर रही है और सामाजिक ढाँचे के प्रति आलोचना एवं आत्मविश्लेषण की दृष्टि पैदा कर साहित्य और समाज दोनों में अपनी सक्रिय भूमिका निभा रही है। आज के विशिष्ट कहानीकारों में बहुत-से नाम उल्लेखनीय हैं—उदय प्रकाश, अब्दुल बिस्मिल्लाह, शिवमूर्ति, सृंजय, संजीव, संजय खाती, सतीश जमाली, धीरेंद्र अस्थाना, स्वयं प्रकाश, अरुण प्रकाश, अलका सरावगी, गीतांजलि श्री, जया जादवानी, ओमप्रकाश वाल्मीकि, अजय नावरिया आदि। हिंदी कहानी आज भी कथ्य और शिल्प के नए प्रतिमान रचते हुए विकास की अनेक दिशाओं में आगे बढ़ रही है।

प्रेमचंद

हिंदी साहित्य जगत में कथा-सम्राट के नाम से प्रसिद्ध प्रेमचंद का जन्म वाराणसी के पास लमही नामक गाँव में हुआ। उनका वास्तविक नाम धनपतराय था। मध्यमवर्गीय कृषक परिवार में जन्मे प्रेमचंद का जीवन अभावों से पूर्ण रहा। विपत्ति और उससे लड़ने की ताकत उन्हें जीवन से मिली।

प्रेमचंद की प्रारंभिक शिक्षा उर्दू में हुई। साहित्य रचना की शुरुआत उन्होंने इसी भाषा में की। वे नवाबराय के नाम से उर्दू में लिखते थे। प्रेमचंद की पहली कहानी 'संसार का सबसे अनमोल रत्न' 1907 में 'जमाना' पत्रिका में छपी। 1908 में उनका पहला कहानी संग्रह 'सोजे वतन' (उर्दू) में छपा, जो राष्ट्रीय भावनाओं से पूर्ण होने के कारण जब्त कर लिया गया। इसके बाद वे 'प्रेमचंद' नाम से हिंदी में कहानियाँ लिखने लगे।

प्रेमचंद का रचना-फलक अत्यंत व्यापक है। उन्होंने तीन सौ कहानियाँ, ग्यारह उपन्यास और दो नाटकों की रचना की। उन्होंने 'ज़माना', 'माधुरी', 'जागरण' और 'हंस' पत्रिकाओं का संपादन किया। उनका उपन्यास 'गोदान' न केवल हिंदी वरन् विश्व साहित्य के श्रेष्ठतम उपन्यासों में गिना जाता है। गोदान के अतिरिक्त 'सेवासदन', 'निर्मला', 'ग़बन', 'कर्मभूमि', 'रंगभूमि' आदि उनके प्रमुख उपन्यास हैं।

कहानीकार के रूप में प्रेमचंद हिंदी साहित्य का मूल स्तंभ रहे हैं। उन्होंने ही हिंदी कहानी को शैशव से प्रौढ़ावस्था तक पहुँचाया। उनके प्रमुख कहानी संग्रह हैं–'सप्त सरोज', 'नमक का दारोगा', 'प्रेम प्रसून', 'प्रेम

द्वादशी', 'प्रेमतीर्थ', 'प्रेम प्रतिज्ञा', 'समरयात्रा', 'पंच प्रसून' आदि। उनकी सभी कहानियों का संग्रह 'मानसरोवर' के नाम से आठ भागों में प्रकाशित हुआ है।

उनकी कहानियों में भारतीय जन-जीवन अपनी समस्त आशाओं, आकांक्षाओं और विसंगतियों के साथ मुखरित हुआ है। ग्रामीण भारत का जैसा सजीव चित्रण उनकी रचनाओं में है वह अत्यंत दुर्लभ है। तत्कालीन समय और समाज का कोई पक्ष उनके साहित्य से अछूता नहीं रहा। प्रेमचंद की कहानियाँ अनिवार्यतः अपने समय के यथार्थ से जुड़ी हुई हैं। लेकिन उनकी महत्ता उस आदर्श की स्थापना में है जिसके माध्यम से प्रेमचंद एक मानवीय, शोषणमुक्त समाज की कल्पना करते हैं। उनके द्वारा गढ़े गए चरित्र समाज में अपनी सजीव मौजूदगी का अहसास कराते हैं। सहजता, सरलता और रोचकता उनके शिल्प का ऐसा गुण है जिसने उन्हें हिंदी भाषी समाज का ही नहीं वरन् पूरे भारतीय समाज का 'अपना' लेखक बना दिया है।

कफ़न

प्रेमचंद साहित्य में कफ़न उस दौर की कहानी है ज़ब समाज की खोखली आदर्शवादिता से प्रेमचंद का मोहभंग हो चुका था। इस कहानी में वे जिंदगी से सीधे मुठभेड़ करते दिखाई पड़ते हैं। जैसी भी जिंदगी है—क्रूर और कुरूप—घीसू और माधव उसी के प्रतिनिधि हैं। घीसू और माधव का संसार एक ही बिंदु पर केंद्रित है और वह है 'भूख'। इस भूख ने बाकी सब कुछ गौण कर दिया है—आपसी संबंध और रागात्मकता।

कहानी का घटना-क्रम मात्र इतना है कि घीसू और माधव—पिता और पुत्र—अलाव जलाकर औरों के खेत से चुराए आलू भून रहे हैं। भीतर माधव की पत्नी बुधिया प्रसव-पीड़ा से कराह रही है लेकिन दोनों में से कोई भी उठकर उसकी सहायता के लिए

नहीं जाता क्योंकि उसे डर है कि दूसरा कहीं आलुओं का ज्यादा भाग न खा जाए। दोनों आलू खाकर भी अजगर की भाँति वहीं पड़े रहते हैं। और सुबह तक बुधिया परलोक सिधार जाती है। घीसू अपने काँइयाँपन का परिचय देते हुए गाँव के जमींदार, बनिये महाजनों से बुधिया के कफ़न के लिए पूरे पाँच रुपए इकट्ठे कर लेता है। जब वे दोनों कफ़न खरीदने के लिए बाजार जाते हैं तो किसी अनजानी प्रेरणा से उनके पैर शराबखाने की ओर मुड़ जाते हैं। वहाँ वे अपने जीवन-भर की साध पूरी करते हैं। भरपेट भोजन करते हैं। शराब पीते हैं और बुधिया को दुआएँ देते हैं।

कहानी के अंत में कफ़न के पैसों से शराब के नशे में नाचते घीसू और माधव यह प्रश्न अवश्य खड़ा करते हैं कि वे नायक हैं या खलनायक? क्या वे हमारे तथाकथित सभ्य समाज में मानवीयता के नाम पर लगा कलंक हैं? वास्तव में न वे नायक हैं, न खलनायक। वे दोनों उस जमीन पर खड़े हैं जहाँ सत्-असत् की विभाजन रेखाएँ धुँधली पड़ने लगती हैं। घीसू और माधव के माध्यम से प्रेमचंद का उद्देश्य उस समाज की विसंगति को उघाड़ने का रहा है जहाँ ऐसे पात्र उपजते हैं। घीसू और माधव की जिंदगी औरों के खेतों से आलू और मटर चुराकर खाते हुए बीत रही है। वे एक दिन काम करते और तीन दिन आराम करते। वे समाज की कुत्सित मंडली का हिस्सा हैं लेकिन उनकी यह मानसिकता कौन रच रहा है उसके विषय में लेखक ने स्पष्ट लिखा है कि जिस समाज में मेहनत करने वालों की स्थिति ऐसे निकम्मे लोगों से बेहतर नहीं है वहाँ ऐसी मनोवृत्ति का पैदा हो जाना किसी आश्चर्य की बात नहीं है। इस कथन से समाज का वह विकृत चेहरा उद्घाटित होता है जो घीसू और माधव को उनकी इस नियति की ओर धकेल रहा है।

विषमता-ग्रस्त समाज में अंतहीन भूख और गरीबी की जिंदगी जीने वाले घीसू और माधव समाज के तथाकथित आदर्श मानवीय मूल्यों के विध्वंस के प्रतीक हैं। प्रेमचंद की कहानियों में

शोषित-असहाय पात्रों के असंख्य चेहरे हैं। उनके विपरीत अपनी निर्लज्जता में ये पात्र समाज को चुनौती देते प्रतीत होते हैं।

घीसू के जीवन के अविस्मरणीय क्षणों में ठाकुर की बारात का वह भोज है जहाँ उसने पूरी तृप्ति से भरपेट पूरी-कचौरी, चटनी, रायता, मिठाई खाई थी। माधव केवल उसकी कल्पना करते हुए कहता है कि घीसू की जगह वह होता तो पूरी पचास पूरियाँ खा जाता। ऐसे भोजन की वे केवल कल्पना ही कर सकते हैं उनकी वास्तविकता तो जलते हुए भुने आलुओं को स्वार्थी-लालची निगाहों से देखते हुए सीधे गले से नीचे उतारने की है। जिसके लिए दोनों के बीच होड़ लगी है और जिसके सामने बुधिया की कराहें भी उनके कानों तक नहीं पहुँचतीं।

उनके जीवन की विडंबना तब पूर्ण उत्कर्ष पर दिखाई देती है जब वे शराबखाने में अपने जीवन की सबसे बड़ी लालसा पूरी कर चुके हैं। वे बुधिया को दुआएँ देते हैं क्योंकि वह मरकर भी उनकी आत्मा की तृप्ति का निमित्त बनी। वे उसे आशीर्वाद देते हैं कि वह बैकुंठ की रानी बनगी।

घीसू कोई सीधा-सरल पात्र नहीं है। उसकी अकर्मण्यता एक प्रकार का विद्रोह है। उस समाज के विरुद्ध जो बाहर लगे मुखौटों के भीतर अत्यंत क्रूर और अमानवीय है। इसीलिए वह सामाजिक रिवाजों पर प्रश्न उठाता है, ''कैसा बुरा रिवाज है कि जिसे जीते जी तन ढकने को चीथड़ा भी न मिले उसे मरने पर नया कफ़न चाहिए।'' वह पंडा-पुरोहितवाद का भंडा फोड़ते हुए कहता है कि जो लोग परलोक के नाम पर हजारों रुपए ब्राह्मणों को देते हैं, उस परलोक को किसने देखा है। वह अपनी स्वाभाविक न्याय दृष्टि से ही यह घोषणा करता है कि यदि बुधिया बैकुंठ न जाएगी तो क्या ये मोटे-मोटे लोग जाएँगे, जो गरीबों को दोनों हाथों से लूटते हैं। घीसू का चरित्र कुत्सित और घृणित हो सकता है लेकिन वह समाज के पाखंडियों से कम घृणास्पद है। प्रेमचंद के साहित्यकार की सबसे बड़ी सफलता ही इस बात में है कि

इतने अमानुषिक पात्रों को लेकर भी उन्होंने ऐसी कहानी रची जो गहरी मानवीय संवेदनाओं को उजागर करती है।

शिल्प की दृष्टि से कहानी वर्णन-प्रधान न होकर नाटकीय और व्यंजक है। कहानी के आरंभ से अंत तक एकसूत्रता बनी रहती है। एक प्रसंग दूसरे प्रसंग की भूमिका बनता है और उसे पुष्ट करता है। संपूर्ण कहानी में विषमता भरा वातावरण प्रधान है। मुहावरों और कहावतों के माध्यम से लेखक ने दृश्यों को सजीव कर दिया है—"घर में पैसा इस तरह गायब था जैसे चील के घोंसले में मांस।" इस कहानी में प्रेमचंद की भाषा की सबसे बड़ी विलक्षणता उन स्थलों पर दिखती है जहाँ वे एक ही वाक्य में दो विरोधी भाव के उपवाक्य एक साथ रखकर अर्थ की अनेक संभावनाओं को उजागर करते हैं जैसे—'संसार की चिंताओं से मुक्त', 'कर्ज से लदे हुए' या फिर 'दोनों नाचने लगे...गिर पड़े।'

घीसू की टिप्पणियों में भी भाषा का तेवर व्यंग्य प्रधान और आक्रामक है। संवेदना और शिल्प दोनों ही दृष्टियों से प्रेमचंद की यह कहानी कथा-साहित्य का प्रतिमान है।

कफ़न

□ प्रेमचंद

(1)

झोंपड़े के द्वार पर बाप और बेटा दोनों एक बुझे हुए अलाव के सामने चुपचाप बैठे हुए थे और अंदर बेटे की जवान बीवी बुधिया प्रसव-वेदना से पछाड़ खा रही थी। रह-रहकर उसके मुँह से ऐसी दिल हिला देनेवाली आवाज़ निकलती थी, कि दोनों कलेजा थाम लेते थे। जाड़ों की रात थी, प्रकृति सन्नाटे में डूबी हुई, सारा गाँव अंधकार में लय हो गया था।

घीसू ने कहा, "मालूम होता है, बचेगी नहीं। सारा दिन दौड़ते हो गया, जा देख तो आ।"

माधव चिढ़कर बोला, "मरना ही है, तो जल्दी मर क्यों नहीं जाती ? देखकर क्या करूँ ?"

"तू बड़ा बेदर्द है बे ! साल-भर जिसके साथ सुख-चैन से रहा, उसी के साथ इतनी बेवफाई !"

"तो मुझसे तो उसका तड़पना और हाथ-पाँव पटकना नहीं देखा जाता।"

चमारों का कुनबा था और सारे गाँव में बदनाम। घीसू एक दिन काम करता तो दो दिन आराम। माधव इतना कामचोर था कि आध घंटे काम करता तो घंटे-भर चिलम पीता। इसलिए उन्हें कहीं मजदूरी नहीं मिलती

थी। घर में मुट्ठी-भर भी अनाज मौजूद हो, तो उनके लिए काम करने की कसम थी। जब दो-चार फाके हो जाते तो घीसू पेड़ पर चढ़कर लकड़ियाँ तोड़ लाता और माधव बाजार में बेच आता, और जब तक वह पैसे रहते, दोनों इधर-उधर मारे-मारे फिरते। जब फाके की नौबत आ जाती, तो फिर लकड़ियाँ तोड़ते या मजदूरी तलाश करते। गाँव में काम की कमी न थी। किसानों का गाँव था, मेहनती आदमी के लिए पचास काम थे मगर इन दोनों को लोग उसी वक्त बुलाते, जब दो आदमियों से एक का काम पाकर भी संतोष कर लेने के सिवा और कोई चारा न होता। अगर दोनों साधु होते, तो उन्हें संतोष और धैर्य के लिए संयम और नियम की बिल्कुल जरूरत न होती। यह तो इनकी प्रकृति थी। विचित्र जीवन था इनका। घर में मिट्टी के दो-चार बर्तनों के सिवा कोई संपत्ति नहीं। फटे चीथड़ों से अपनी नग्नता को ढाँके हुए जिए जाते थे। संसार की चिंताओं से मुक्त ! कर्ज से लदे हुए। गालियाँ भी खाते, मार भी खाते, मगर कोई भी गम नहीं। दीन इतने कि वसूली की बिल्कुल आशा न रहने पर भी लोग इन्हें कुछ-न-कुछ कर्ज दे देते थे। आलू-मटर की फसल में दूसरों के खेतों से मटर या आलू उखाड़ लाते और भून-भानकर खा लेते या दस-पाँच ऊख उखाड़ लाते और रात को चूसते। घीसू ने इसी आकाश-वृत्ति से साठ साल की उम्र काट दी और माधव भी सपूत बेटे की तरह बाप ही के पद-चिह्नों पर चल रहा था, बल्कि उसका नाम और भी उजागर कर रहा था। इस वक्त भी दोनों अलाव के सामने बैठकर आलू भून रहे थे, जो कि किसी के खेत से खोद लाए थे। घीसू की स्त्री का तो बहुत दिन हुए देहांत हो गया था। माधव का ब्याह पिछले साल हुआ था। जब से यह औरत आई थी, उसने इस खानदान में व्यवस्था की नींव डाली थी। पिसाई करके या घास छीलकर वह सेर-भर आटे का इंतजाम कर लेती थी और इन दोनों बे-गैरतों का दोजख भरती रहती थी। जब से वह आई, यह दोनों और भी आलसी और आराम-तलब हो गए थे। बल्कि कुछ अकड़ने भी लगे थे। कोई कार्य करने को बुलाता, तो निर्व्याज भाव से दुगुनी मजदूरी माँगते। वही औरत आज प्रसव-वेदना से मर रही थी और ये दोनों शायद इसी इंतजार में थे कि वह मर जाए, तो आराम से सोएँ।

घीसू ने आलू निकालकर छीलते हुए कहा, "जाकर देख तो क्या दशा है उसकी ? चुड़ैल का फिसाद होगा, और क्या ? यहाँ तो ओझा भी एक रुपया माँगता है।"

माधव को भय था कि वह कोठरी में गया, तो घीसू आलुओं का बड़ा भाग साफ कर देगा। बोला, "मुझे वहाँ जाते डर लगता है।"

"डर किस बात का है ? मैं तो यहाँ हूँ ही !"

"तो तुम्हीं जाकर देखो न ?"

"मेरी औरत जब मरी थी, तो मैं तीन दिन तक उसके पास से हिला तक नहीं था और फिर मुझसे लजाएगी कि नहीं ? जिसका कभी मुँह नहीं देखा, आज उसका उघड़ा हुआ बदन देखूँ ! उसे तन की सुध भी तो न होगी ? मुझे देख लेगी तो खुलकर हाथ-पाँव भी न पटक सकेगी !"

"मैं सोचता हूँ, कोई बाल-बच्चा हो गया तो क्या होगा ? सोंठ, गुड़, तेल, कुछ भी तो नहीं घर में !"

"सब कुछ आ जाएगा। भगवान् दें तो ? जो लोग अभी एक पैसा नहीं दे रहे हैं, वे ही कल बुलाकर रुपए देंगे। मेरे नौ लड़के हुए, घर में कभी कुछ न था; मगर भगवान् ने किसी-न-किसी तरह बेड़ा पार ही लगाया।"

जिस समाज में रात-दिन मेहनत करनेवालों की हालत उनकी हालत से कुछ बहुत अच्छी न थी और किसानों के मुकाबले में वे लोग, जो किसानों की दुर्बलताओं से लाभ उठाना जानते थे, कहीं ज्यादा संपन्न थे, वहाँ इस तरह की मनोवृत्ति का पैदा हो जाना कोई अचरज की बात न थी। हम तो कहेंगे, घीसू किसानों से कहीं ज्यादा विचारवान था जो किसानों के विचारशून्य समूह में शामिल होने के बदले बैठकबाजों की कुत्सित मंडली में जा मिला था। हाँ, उसमें यह शक्ति न थी कि बैठकबाजों के नियम और नीति का पालन करता। इसलिए जहाँ उसकी मंडली के और लोग गाँव के सरगना और मुखिया बने हुए थे, उस पर सारा गाँव उँगली उठाता था। फिर भी उसे यह तसकीन तो थी ही कि अगर वह फटेहाल है तो कम-से-कम उसे किसानों की-सी जी-तोड़ मेहनत तो नहीं करनी पड़ती। और उसकी सरलता और निरीहता से दूसरे लोग बेजा फायदा तो नहीं उठाते !

दोनों आलू निकाल-निकालकर जलते-जलते खाने लगे। कल से कुछ नहीं खाया था। इतना सब्र न था कि उन्हें ठण्डा हो जाने दें। कई बार दोनों की जबानें जल गईं। छिल जाने पर आलू का बाहरी हिस्सा तो बहुत ज्यादा गर्म न मालूम होता, लेकिन दाँतों के तले पड़ते ही अंदर का हिस्सा जबान और हलक और तालू को जला देता था और उस अंगारे को मुँह में रखने से ज्यादा खैरियत इसी में थी कि वह अंदर पहुँच जाए। वहाँ उसे ठंडा करने के लिए काफी सामान थे। इसलिए दोनों जल्द-जल्द निगल जाते। हालाँकि इस कोशिश में उनकी आँखों से आँसू निकल आते।

घीसू को उस वक्त ठाकुर की बारात याद आई, जिसमें बीस साल पहले वह गया था। उस दावत में उसे जो तृप्ति मिली थी, वह उसके जीवन में एक याद रखने लायक बात थी और आज भी उसकी याद ताजी थी ! बोला, "वह भोज नहीं भूलता। तब से फिर उस तरह का खाना और भरपेट नहीं मिला। लड़कीवालों ने सबको भरपेट पूरियाँ खिलाई थीं, सबको ! छोटे-बड़े सबने पूरियाँ खाईं और असली घी की ! चटनी, रायता, तीन तरह के सूखे साग, एक रसेदार तरकारी, दही, चटनी, मिठाई। अब क्या बताऊँ कि उस भोज में क्या स्वाद मिला ! कोई रोक-टोक नहीं थी। जो चीज चाहो माँगो और जितना चाहो खाओ। लोगों ने ऐसा खाया, ऐसा खाया, किसी से पानी न पिया गया। मगर परोसनेवाले हैं कि पत्तल में गर्म-गर्म गोल-गोल सुवासित कचौरियाँ डाल देते हैं। मना करते हैं कि नहीं चाहिए, पत्तल पर हाथ से रोके हुए हैं मगर वह हैं कि दिए जाते हैं। और जब मुँह धो लिया, तो पान-इलायची भी मिली। मगर मुझे पान लेने की कहाँ सुध थी ? खड़ा न हुआ जाता था। चटपट जाकर अपने कंबल पर लेट गया। ऐसा दिल-दरिआब था वह ठाकुर !"

माधव ने इन पदार्थों का मन-ही-मन मजा लेते हुए कहा, "अब हमें कोई ऐसा भोज नहीं खिलाता।"

"अब कोई क्या खिलाएगा ? वह जमाना दूसरा था। अब तो सबको किफायत सूझती है। शादी-ब्याह में मत खर्च करो, क्रिया-कर्म में मत खर्च करो, पूछो, गरीबों का माल बटोर-बटोरकर कहाँ रखोगे ? बटोरने में तो

कमी नहीं है। हाँ, खर्च में किफायत सूझती है।''

"तुमने एक बीसी पूरियाँ खाई होंगी ?"

"बीस से ज्यादा खाई थीं !"

"मैं पचास खा जाता !"

"पचास से कम मैंने भी न खाई होंगी। अच्छा पट्ठा था ! तू तो मेरा आधा भी नहीं है।"

आलू खाकर दोनों ने पानी पिया और वहीं अलाव के सामने अपनी धोतियाँ ओढ़कर पाँव पेट में डाले सो रहे। जैसे दो बड़े-बड़े अजगर गेडुलियाँ मारे पड़े हों।

और बुधिया अभी तक कराह रही थी।

(2)

सवेरे माधव ने कोठरी में जाकर देखा, तो उसकी स्त्री ठंडी हो गई थी। उसके मुँह पर मक्खियाँ भिनक रही थीं। पथराई हुई आँखें ऊपर टँगी हुई थीं। सारी देह धूल से लथपथ हो रही थी। उसके पेट में बच्चा मर गया था।

माधव भागा हुआ घीसू के पास आया। फिर दोनों जोर-जोर से हाय-हाय करने और छाती पीटने लगे। पड़ोसवालों ने यह रोना-धोना सुना, तो दौड़े हुए आए और पुरानी मर्यादा के अनुसार इन अभागों को समझाने लगे।

मगर ज्यादा रोने-पीटने का अवसर न था। कफ़न की और लकड़ी की फिक्र करनी थी। घर में तो पैसा इस तरह गायब था, जैसे चील के घोंसले से मांस।

बाप-बेटे रोते हुए गाँव के जमींदार के पास गए। वह इन दोनों की सूरत से नफरत करते थे। कई बार इन्हें अपने हाथों पीट चुके थे। चोरी करने के लिए, वादे पर काम पर न आने के लिए। पूछा, "क्या है बे घिसुआ, रोता क्यों है ? अब तो तू कहीं दिखाई भी नहीं देता ! मालूम होता है, इस गाँव में रहना नहीं चाहता।"

घीसू ने जमीन पर सिर रखकर आँखों में आँसू भरे हुए कहा, "सरकार ! बड़ी विपत्ति में हूँ। माधव की घरवाली रात को गुजर गई। रात-भर तड़पती रही सरकार ! हम दोनों उसके सिरहाने बैठे रहे। दवा-दारू जो कुछ हो सका, सब कुछ किया, मुदा वह हमें दगा दे गई। अब कोई एक रोटी देनेवाला भी न रहा मालिक ! तबाह हो गए। घर उजड़ गया। आपका गुलाम हूँ, अब आपके सिवा कौन उसकी मिट्टी पार लगाएगा ? हमारे हाथ में तो जो कुछ था, वह सब तो दवा-दारू में उठ गया। सरकार ही की दया होगी तो उसकी मिट्टी उठेगी। आपके सिवा किसके द्वार पर जाऊँ ?"

जमींदार साहब दयालु थे। मगर घीसू पर दया करना काले कंबल पर रंग चढ़ाना था। जी में तो आया, कह दें, चल, दूर हो यहाँ से; यों तो बुलाने से भी नहीं आता, आज जब गरज पड़ी तो आकर खुशामद कर रहा है। हरामखोर कहीं का, बदमाश ! लेकिन यह क्रोध या दंड का अवसर न था। जी में कुढ़ते हुए दो रुपए निकालकर फेंक दिए। मगर सांत्वना का एक शब्द भी मुँह से न निकला। उसकी तरफ ताका भी नहीं। जैसे सिर का बोझ उतारा हो।

जब जमींदार साहब ने दो रुपए दिए, तो गाँव के बनिए महाजनों को इनकार का साहस कैसे होता ? घीसू जमींदार के नाम का ढिंढोरा भी पीटना खूब जानता था। किसी ने दो आने दिए, किसी ने चार आने। एक घंटे में घीसू के पास पाँच रुपए की अच्छी रकम जमा हो गई। कहीं से नाज मिल गया, कहीं से लकड़ी और दोपहर को घीसू और माधव बाजार से कफ़न लाने चले। इधर लोग बाँस-वाँस काटने लगे।

गाँव की नर्मदिल स्त्रियाँ आ-आकर लाश को देखती थीं और उसकी बेकसी पर दो बूँद आँसू गिराकर चली जाती थीं।

(3)

बाजार में पहुँचकर घीसू बोला, "लकड़ी तो उसे जलाने-भर को मिल गई है, क्यों माधव !"

माधव बोला, "हाँ, लकड़ी तो बहुत है, अब कफ़न चाहिए !"

"तो चलो, कोई हल्का-सा कफ़न ले लें।"

"हाँ और क्या ! लाश उठते-उठते रात हो जाएगी। रात को कफ़न कौन देखता है ?"

"कैसा बुरा रिवाज है कि जिसे जीते-जी तन ढँकने को चीथड़ा भी न मिले, उसे मरने पर नया कफ़न चाहिए।"

"कफ़न लाश के साथ जल ही तो जाता है।"

"और क्या रखा रहता है ? यही पाँच रुपए पहले मिलते, तो कुछ दवा-दारू कर लेते।"

दोनों एक-दूसरे के मन की बात ताड़ रहे थे। बाजार में इधर-उधर घूमते रहे। कभी इस बजाज की दुकान पर गए, कभी उसकी दुकान पर। तरह-तरह के कपड़े, रेशमी और सूती देखे, मगर कुछ जँचा नहीं। यहाँ तक कि शाम हो गई। तब दोनों न जाने किस दैवी प्रेरणा से एक मधुशाला के सामने आ पहुँचे और जैसे किसी पूर्व-निश्चित योजना के अंदर चले गए। वहाँ जरा देर तक दोनों असमंजस में खड़े रहे। फिर घीसू ने गद्दी के सामने जाकर कहा, "साहजी, एक बोतल हमें भी देना।"

इसके बाद कुछ चिखौना आया, तली हुई मछलियाँ आईं और दोनों बरामदे में बैठकर शांतिपूर्वक पीने लगे।

कई कुज्जियाँ ताबड़-तोड़ पीने के बाद दोनों सरूर में आ गए।

घीसू बोला, "कफ़न लगाने से क्या मिलता ? आखिर जल ही तो जाता। कुछ बहू के साथ तो न जाता।"

माधव आसमान की तरफ देखकर बोला, मानो देवताओं को अपनी निष्पापता का साक्षी बना रहा हो—"दुनिया का दस्तूर है, नहीं लोग बाँभनों को हजारों रुपए क्यों देते हैं। कौन देखता है, परलोक में मिलता है कि या नहीं !"

"बड़े आदमियों के पास धन है, चाहे फूँकें ! हमारे पास फूँकने को क्या है ?"

"लेकिन लोगों को क्या जवाब दोगे ? लोग पूछेंगे नहीं, कफ़न कहाँ है ?"

घीसू हँसा, "अबे कह देंगे कि रुपए कमर से खिसक गए, बहुत ढूँढ़ा, मिले नहीं। लोगों को विश्वास तो न आएगा, लेकिन, लेकिन फिर वही रुपए देंगे।"

माधव भी हँसा, इस अनपेक्षित सौभाग्य पर। बोला, "बड़ी अच्छी थी बेचारी। मरी तो खूब खिला-पिलाकर।"

आधी बोतल से ज्यादा उड़ गई। घीसू ने दो सेर पूरियाँ मँगाईं। चटनी, अचार, कलेजियाँ। शराबखाने के सामने ही दुकान थी। माधव लपककर दो पत्तलों में सारा सामान ले आया। पूरा डेढ़ रुपया खर्च हो गया। सिर्फ थोड़े से पैसे बच रहे।

दोनों इस वक्त शान से बैठे हुए पूरियाँ खा रहे थे जैसे जंगल में कोई शेर अपना शिकार उड़ा रहा हो। न जवाबदेही का खौफ था, न बदनामी की फिक्र। इन भावनाओं को उन्होंने बहुत पहले ही जीत लिया था।

घीसू दार्शनिक भाव से बोला, "हमारी आत्मा प्रसन्न हो रही है, तो क्या उसे पुन्य न होगा ?"

माधव ने श्रद्धा से सिर झुकाकर तसदीक की, "जरूर-से-जरूर होगा। भगवान्, तुम अंतर्यामी हो ! उसे बैकुंठ ले जाना। हम दोनों हृदय से आशीर्वाद दे रहे हैं। आज जो भोजन मिला, वह कभी उम्र-भर न मिला था।"

एक क्षण के बाद माधव के मन में एक शंका जागी, बोला, "क्यों दादा, हम लोग भी तो एक-न-एक दिन वहाँ जाएँगे ही ?"

घीसू ने इस भोले-भाले सवाल का कुछ उत्तर न दिया। वह परलोक की बातें सोचकर इस आनंद में बाधा न डालना चाहता था।

"जो वहाँ वह हम लोगों से पूछे कि तुमने हमें कफ़न क्यों नहीं दिया, तो क्या कहोगे ?"

"कहेंगे, तुम्हारा सिर।"

"पूछेगी तो जरूर !"

"तू कैसे जानता है कि उसे कफ़न न मिलेगा ? तू मुझे ऐसा गधा समझता है ? साठ साल क्या दुनिया में घास खोदता रहा हूँ ! उसको कफ़न मिलेगा और बहुत अच्छा मिलेगा !"

माधव को विश्वास न आया। बोला, ''कौन देगा ? रुपए तो तुमने चट कर दिए। वह तो मुझसे पूछेगी। उसकी माँग में सिंदूर तो मैंने डाला था।''

घीसू गर्म होकर बोला, ''मैं कहता हूँ, उसे कफ़न मिलेगा, तू मानता क्यों नहीं ?''

''कौन देगा, बताते क्यों नहीं ?''

''वही लोग देंगे, जिन्होंने अबकी दिया। हाँ, अबकी रुपए हमारे हाथ न आएँगे।''

ज्यों-ज्यों अँधेरा बढ़ता था और सितारों की चमक तेज होती थी, मधुशाला की रौनक भी बढ़ती जाती थी। कोई गाता था, कोई डींग मारता था, कोई अपने संगी के गले लिपटा जाता था। कोई अपने दोस्त के मुँह से कुल्हड़ लगाए देता था।

वहाँ के वातावरण में सरूर था, हवा में नशा। कितने तो यहाँ आकर चुल्लू में मस्त हो जाते थे। शराब से ज्यादा यहाँ की हवा उन पर नशा करती थी। जीवन की बाधाएँ यहाँ खींच लाती थीं और कुछ देर के लिए वे यह भूल जाते थे कि वे जीते हैं या मरते हैं, या न जीते हैं, न मरते हैं।

और यह दोनों बाप-बेटा अब भी मजे ले-लेकर चुसकियाँ ले रहे थे। सबकी निगाहें इनकी ओर जमी हुई थीं। दोनों कितने भाग्य के बली हैं। पूरी बोतल बीच में है।

भरपेट खाकर माधव ने बची हुई पूड़ियों का पत्तल उठाकर एक भिखारी को दे दिया, जो खड़ा इनकी ओर भूखी आँखों से देख रहा था। और 'देने' के गौरव, आनंद और उल्लास का अपने जीवन में पहली बार अनुभव किया।

घीसू ने कहा, ''ले जा, खूब खा और आशीर्वाद दे। जिसकी कमाई है, वह तो मर गई। मगर तेरा आशीर्वाद उसे जरूर पहुँचेगा। रोएँ-रोएँ से आशीर्वाद दे, बड़ी गाढ़ी कमाई के पैसे हैं।''

माधव ने फिर आसमान की तरफ देखकर कहा, ''वह बैकुंठ में जाएगी दादा, बैकुंठ की रानी बनेगी।''

घीसू खड़ा हो गया और जैसे उल्लास की लहरों में तैरता हुआ बोला, "हाँ बेटा, बैकुंठ में जाएगी। किसी को सताया नहीं, किसी को दबाया नहीं। मरते-मरते हमारी जिंदगी की सबसे बड़ी लालसा पूरी कर गई। वह न बैकुंठ में जाएगी तो क्या ये मोटे-मोटे लोग जाएँगे जो गरीबों को दोनों हाथों से लूटते हैं और अपने पाप को धोने के लिए गंगा में नहाते हैं और मंदिरों में जल चढ़ाते हैं !"

श्रद्धालुता का यह रंग तुरंत ही बदल गया। अस्थिरता नशे की खासियत है। दुःख और निराशा का दौर हुआ।

माधव बोला, "मगर दादा, बेचारी ने जिंदगी में बड़ा दुःख भोगा, कितना दुःख झेलकर मरी !"

वह आँखों पर हाथ रखकर रोने लगा, चीखें मार-मारकर।

घीसू ने समझाया, "क्यों रोता है बेटा, खुश हो कि बहू मायाजाल से मुक्त हो गई। बड़ी भाग्यवान थी, जो इतनी जल्द माया-मोह के बंधन तोड़ दिए।"

और दोनों खड़े होकर गाने लगे—

"ठगिनी क्यों नैना झमकावे ! ठगिनी !"

पियक्कड़ों की आँखें इनकी ओर लगी हुई थीं और ये दोनों अपने दिल में मस्त गाए जाते थे। फिर दोनों नाचने लगे। उछले भी, कूदे भी। गिरे भी, मटके भी। भाव भी बनाए, अभिनय भी किए और आखिर नशे से बदमस्त होकर वहीं गिर पड़े।

यशपाल

यशस्वी कथाकार और निबंध लेखक यशपाल का जन्म 3 दिसंबर 1903 में फिरोजपुर छावनी में हुआ। शिक्षा प्राप्ति के लिए उन्हें गुरुकुल कांगड़ी भेजा गया। वहाँ के राष्ट्रीय वातावरण ने उनके मन में विदेशी शासन के प्रति विरोध की भावना जाग्रत की। बाद में भगतसिंह और सुखदेव के संपर्क में आने से वे क्रांतिकारी आंदोलन की ओर आकृष्ट हुए। सशस्त्र क्रांति आंदोलन में भाग लेने के कारण इन्हें जेल भी जाना पड़ा। अपने क्रांतिकारी विचारों की अभिव्यक्ति के लिए इन्होंने मासिक पत्रिका 'विप्लव' निकाली जो अत्यंत लोकप्रिय हुई।

साहित्य के क्षेत्र में भी यशपाल क्रांतिकारी रचनाकार रहे। उन्होंने साहित्य के माध्यम से वैचारिक क्रांति की भूमिका तैयार की। कहानीकार के रूप में उन्होंने सोलह संग्रहों की रचना की जिनमें प्रमुख हैं—'ज्ञानदान', 'अभिशप्त', 'तर्क का तूफान', 'भस्मावृत चिनगारी', 'वो दुनिया', 'फूलो का कुर्त्ता', 'धर्मयुद्ध', 'उत्तराधिकारी', 'चित्र का शीर्षक' आदि। उपन्यासकार के रूप में उन्होंने अनेक सफल उपन्यासों की रचना की। 'दादा कामरेड', 'देशद्रोही', 'पार्टी कामरेड', 'दिव्या', 'अमिता', 'झूठा-सच' आदि उनके प्रसिद्ध उपन्यास हैं। यशपाल अच्छे निबंधकार भी रहे हैं। 'न्याय का संघर्ष', 'देखा सोचा-समझा', 'सिंहावलोकन' (तीन भागों में प्रकाशित) में उनके निबंध व रेखाचित्र संग्रहित हैं।

यशपाल मार्क्सवाद से प्रभावित समाजवादी विचारधारा के कहानीकार हैं। उनकी कहानियों के केंद्र में मुख्यतः मध्य और निम्न मध्यवर्गीय जीवन

आदमी का बच्चा

□ यशपाल

दोपहर तक डौली कॉन्वेंट (अंग्रेजी स्कूल) में रहती है। इसके बाद उसका समय प्रायः आया 'बिंदी' के साथ कटता है। मामा दोपहर में लंच के लिए साहब की प्रतीक्षा करती है। साहब जल्दी में रहते हैं। ठीक एक बजकर सात मिनट पर आए, गुसलखाने में हाथ-मुँह धोया, इतने में मेज पर खाना आ जाता है। आधे घण्टे में खाना समाप्त कर, सिगार सुलगा साहब कार में मिल लौट जाते हैं। लंच के समय डौली खाने के कमरे में नहीं आती, अलग खाती है।

संध्या साढ़े पाँच बजे साहब मिल से लौटते हैं तो बेफिक्र रहते हैं। उस समय वे डौली को अवश्य याद करते हैं। पाँच-सात मिनट उससे बात करते हैं और फिर मामा से बातचीत करते हुए देर तक चाय पर बैठे रहते हैं। मामा दोपहर या तीसरे पहर कहीं बाहर जाती हैं तो ठीक पाँच बजे लौटकर साहब के लिए कार मिल में भेज देती हैं। डौली को बुला साहब के मुआयने के लिए तैयार कर लेती हैं। हाथ-मुँह धुलवाकर डौली की सुनहलापन लिए, काली कत्थई अलकों में वे अपने सामने कंघी कराती हैं। स्कूल की वर्दी की काली-सफेद फ्राक उतारकर, दोपहर में जो मामूली फ्राक पहना दी जाती है उसे बदल नई बढ़िया फ्राक उसे पहनायी जाती है। बालों में रिबन बाँधा जाता है। सैंडल के पालिश तक पर मामा की नजर जाती है।

बग्गा साहब मिल में चीफ इंजीनियर हैं। विलायत पास हैं। बारह सौ

रुपया महीना पाते हैं। जीवन से संतुष्ट हैं परंतु अपने उत्तरदायित्व से भी बेपरवाह नहीं। बस एक ही लड़की है डौली। डौली पाँचवें वर्ष में है। उसके बाद कोई संतान नहीं हुई। एक ही संतान के प्रति अपना कर्तव्य पूरा कर सकने से साहब और मामा को पर्याप्त संतोष है। बग्गा साहब की नजरों में संतान के प्रति उत्तरदायित्व का आदर्श ऊँचा है। वे डौली को बेटी या बेटा सबकुछ समझकर संतोष किए हैं। यूनिवर्सिटी की शिक्षा तो वह पाएगी ही। इसके बाद शिक्षा-क्रम पूरा करने के लिए उसका विलायत जाना भी आवश्यक और निश्चित है। संतान के प्रति शिक्षा के उत्तरदायित्व का यह आदर्श कितनी संतानों के प्रति पूरा किया जा सकता है? साहब कहते हैं—यों कीड़े-मकोड़े की तरह पैदा करके क्या फायदा? मामा—मिसेज बग्गा भी हामी भरती हैं—और क्या?

"डौली!...डौली!...डौली!..." मामा तीन दफे पुकार चुकी थीं। चौथी दफे उन्होंने आया को पुकारा। कोई उत्तर न पा वे खिसियाकर स्वयं बरामदे में निकल आयीं। अभी उन्हें स्वयं भी कपड़े बदलने थे। देखा—बँगले के पिछवाड़े से; जहाँ धोबी और माली के क्वार्टर हैं, आया डौली को पकड़े लिए ला रही है। मामा ने देखा और धक्क से रह गयी। वे समझ गयीं—डौली अवश्य माली के घर गयी होगी। दो-तीन दिन पहले मालिन के बच्चा हुआ था। उसे गोद में लेने के लिए डौली कितनी ही बार जिद्द कर चुकी थी। डौली के माली की कोठरी में जाने से मामा भयभीत थीं। धोबी के लड़के को पिछले ही सप्ताह खसरा निकला था।

लड़की उधर जाती तो उन बेहूदे बच्चों के साथ शहतूत के पेड़ के नीचे धूल में से उठा-उठाकर शहतूत खाती। उन्हें भय था, उन बच्चों के साथ डौली की आदतें बिगड़ जाने का। आया इन सब अपराधों का उत्तरदायित्व अपने ऊपर अनुभव कर भयभीत थी। मेम साहब के सम्मुख उनकी बेटी की उच्छृंखलता से अपनी बेबसी दिखाने के लिए वह डौली से एक कदम आगे, उसकी बाँह थामे यों लिए आ रही थी जैसे स्वच्छंदता से पत्ती चरने के लिए आतुर बकरी को, जबरन कान पकड़ घर की ओर लाया जाता है।

मामा के कुछ कह सकने से पहले ही आया ने ऊँचे स्वर में सफाई

देना शुरू किया—"हम जरा सैंडल पर पालिस करें के तईं भीतर गयेन। हमसे बोलीं कि हम गुसलखाने जाएँगे। इतने में हम बाहर निकलकर देखें तो माली के घर पहुँची हैं। हमको तो कुछ गिनती ही नहीं। हम समझाएँ तो उल्टे हमको मारती हैं...।"

इस पेशबंदी के बावजूद आया को डाँट पड़ी।

"दिस इज वेरी सिली!" मामा ने डौली को अंग्रेजी में फटकारा। अंग्रेजी के सभी शब्दों का अर्थ न समझकर भी डौली अपना अपराध और उसके प्रति मामा की उद्विग्नता समझ गयी।

तुरंत साबुन से हाथ-मुँह धुलाकर डौली के कपड़े बदले गए। चार बजकर बीस मिनट हो चुके थे इसलिए आया जल्दी-जल्दी डौली को मोजे और सैंडल पहना रही थी और मामा स्वयं उसके सिर में कंघी कर उसकी लटों के पेचों को फीते से बाँध रही थीं। स्नेह से बेटी की पलकों को सहलाते हुए उन्हें अचानक गर्दन पर कुछ दिखलायी दिया—जूँ! वज्रपात हो गया। निश्चय ही जूँ माली और धोबी के बच्चों की संगत का परिणाम थी। आया पर एक और डाँट पड़ी और नोटिस दे दी गई कि यदि फिर डौली आवारा, गंदे बच्चों के साथ खेलती पाई गई तो बस बर्खास्त कर दी जाएगी।

बेटी की यह दुर्दशा देख माँ का हृदय पिघल उठा। अंग्रेजी छोड़ वे द्रवित स्वर में अपनी ही बोली में बेटी को दुलार से समझाने लगीं—"डौली तो प्यारी बेटी है, बड़ी ही सुंदर, बड़ी ही लाड़ली बेटी। हम इसको सुंदर-सुंदर कपड़े पहनाते हैं। डौली, तू तो अंग्रेजों के बच्चों के साथ स्कूल जाती है न बस में बैठकर। ऐसे गंदे बच्चों के साथ नहीं खेलते न!"

मचलकर फर्श पर पाँव पटक डौली ने कहा—"मामा, हमको माली का बच्चा ले दो, हम उसे प्यार करेंगे।"

"छी...छी...!" मामा ने समझाया, "वह तो कितना गंदा बच्चा है! ऐसे गंदे बच्चों के साथ खेलने से छी-छी वाले हो जाते हैं। इनके साथ खेलने से जुँएँ पड़ जाती हैं। वे कितने गंदे हैं, काले-काले धत्! हमारी डौला कहीं काली है? आया, डौली को खेलने के लिए मैनेजर साहब के यहाँ ले जाया करो। वहाँ यह रमन और ज्योति के साथ खेल आया करेगी। इसे शाम को

कंपनी बाग ले जाना।"

डौली ने माँ के गले में बाँहें डाल विश्वास दिलाया कि अब वह कभी गंदे और छोटे लोगों के काले बच्चों के साथ नहीं खेलेगी। उस दिन चाय पीते-पीते बग्गा साहब और मिसेज बग्गा में चर्चा होती रही कि बच्चे न जाने क्यों छोटे बच्चों से खेलना पसंद करते हैं।...एक बच्चे को ही ठीक से पाल सकना मुश्किल है। जाने कैसे लोग इतने बच्चों को पालते हैं।...देखो तो माली को! कमबख्त के तीन बच्चे पहले हैं, एक और हो गया।

बग्गा साहब के यहाँ एक कुतिया विचित्र नस्ल की थी। कागजी बादाम का-सा रंग, गर्दन और पूँछ पर रेशम के-से मुलायम और लंबे बाल, सीना चौड़ा। बाँहों की कोहनियाँ बाहर को निकली हुईं! पेट बिल्कुल पीठ से सटा हुआ। मुँह जैसे किसी चोट से पीछे को बैठ गया हो। आँखें गोल-गोल जैसे ऊपर से रख दी गई हों। नए आने वालों की दृष्टि उसकी ओर आकर्षित हुए बिना न रहती। यही कुतिया की उपयोगिता और विशेषता थी। ढाई सौ रुपया इसी शौक का मूल्य था।

कुतिया ने पिल्ले दिए। डौली के लिए यह महान उत्सव था। वह कुतिया के पिल्लों के पास से हटना ही न चाहती थी। उन चूहे-जैसी मुँदी हुई आँखों वाले पिल्लों को माँगनेवालों की कमी न थी परंतु किसे दें और किसे इनकार करें? यदि इस नस्ल को यों बाँटने लगें तो फिर उसकी कद्र ही क्या रह जाए? कुतिया का मोल ढाई सौ रुपया उसके दूध के लिए तो होता नहीं!

साहब का कायदा था, कुतिया पिल्ले देती तो उन्हें मेहतर से कह गरम पानी में गोता दे मरवा देते। इस दफे भी वे यही करना चाहते थे परंतु डौली के कारण परेशान थे। आखिर उसके स्कूल गए रहने पर बैरे ने मेहतर से काम करवा डाला।

स्कूल से लौट डौली ने पिल्लों की खोज शुरू की। आया ने कहा—"पिल्ले मैनेजर साहब के यहाँ रमन को दिखाने के लिए भेजे हैं, शाम को आ जाएँगे।"

मामा ने कहा—"बेबी, पिल्ले सो रहे हैं। जब उठेंगे तो तुम उनसे खेल लेना।"

डौली पिल्लों को खोजती ही फिरी। आखिर मेहतर से उसे मालूम हो गया कि वे गरम पानी में डुबोकर मार डाले गए हैं।

डौली रो-रोकर बेहाल हो रही थी। आया उसे पुचकारने के लिए गाड़ी में कंपनी बाग ले गयी। डौली बार-बार पूछ रही थी—"आया, पिल्लों को गरम पानी में डुबोकर क्यों मार दिया?"

आया ने समझाया—"डैनी (कुतिया) इतने बच्चों को दूध कैसे पिलाती? वे भूख से चेऊँ-चेऊँ कर रहे थे इसीलिए उन्हें मरवा दिया।" दो दिन तक डैनी के पिल्लों का मातम डैनी और डौली ने मनाया फिर और लोगों की तरह वे भी उन्हें भूल गईं।

माली के नए बच्चे के रोने की 'कें-कें' आवाज आधी रात में, दोपहर में, सुबह-शाम किसी भी समय आने लगती। मिसेज बग्गा को यह बहुत बुरा लगता। झल्लाकर वे कह बैठतीं—"जाने इस बच्चे के गले का छेद कितना बड़ा है।"

बच्चे की कें-कें उन्हें और भी बुरी लगती जब डौली पूछने लगती—"मामा, माली का बच्चा क्यों रो रहा है?"

बिंदी समीप ही बैठी बोल उठी—"रोएगा नहीं तो क्या, माँ के दूध ही नहीं उतरता।"

मामा और बिंदी को ध्यान नहीं था कि डौली उनकी बात सुन रही है। डौली बोल उठी—"मामा, माली के बच्चे को मेहतर से गरम पानी में डुबवा दो तो फिर नहीं रोएगा।"

बिंदी ने हँसकर धोती का आँचल होंठों पर रख लिया। मामा चौंक उठी। डौली अपनी भोली, सरल आँखों में समर्थन की आशा लिए उनकी ओर देख रही थी।

"दिस इज वेरी सिली डौली...कभी आदमी के बच्चे के लिए ऐसा कहा जाता है!" मामा ने गंभीरता से समझाया। परिस्थिति देख आया डौली को बाहर घुमाने ले गयी।

तीसरे दिन संध्या-समय डौली मैनेजर साहब के यहाँ रमन और

ज्योति के साथ खेलकर लौट रही थी। बँगले के दरवाजे पर माली अपने नये बच्चे को कोरे कपड़े में लपेटे दोनों हाथों पर लिए बाहर जाता दिखायी दिया। उसके पीछे मालिन रोती चली आ रही थी।

आया ने मरे बच्चे की परछाईं पड़ने के डर से उसे एक ओर कर लिया। डौली ने पूछा—"यह क्या है? आया, माली क्या ले जा रहा है?"

"माली का छोटा बच्चा मर गया है" धीमे-से आया ने उत्तर दिया और डौली को बाँह से थाम बँगले के भीतर ले चली।

डौली ने अपनी भोली, नीली आँखें आया के मुख पर गड़ाकर पूछा—"आया माली के बच्चे को क्या गरम पानी में डुबो दिया?"

"छिः डौली, ऐसी बातें नहीं कहते!" आया ने धमकाया, "आदमी के बच्चे को ऐसे थोड़े ही मारते हैं।"

डौली का विस्मय शांत न हुआ। दूर जाते माली की ओर देखने के लिए घूमकर उसने फिर पूछा—"तो आदमी का बच्चा कैसे मरता है?"

लड़की का ध्यान उस ओर से हटाने के लिए उसे बँगले के भीतर खींचते हुए आया ने उत्तर दिया—"वह मर गया, भूख से मर गया है। चलो मामा बुला रही हैं।"

डौली चुप न हुई, उसने फिर पूछा—"आया, हम भी भूख से मर जाएँगे?"

"चुप रहो डौली!" आया झुँझला उठी, "ऐसी बात करोगी तो मामा से कह देंगे!"

लड़की के चेहरे की सरलता से उसकी माँ का हृदय पिघल उठा। उसकी घुँघराली लटों को हाथ से सहलाते हुए आया कहने लगी—"बैरी की आँख में राई-नोन! हाय मेरी मिस साहब, तुम ऐसे आदमी थोड़े ही हो!...भूख से मरते हैं कमीने आदमियों के बच्चे!"

कहते-कहते आया का गला रुँध गया। उसे अपना लल्लू याद आ गया...दो बरस पहले...! तभी से तो वह साहब के यहाँ नौकरी कर रही थी।

जैनेंद्र

जैनेंद्र ने कहानी को मनोविज्ञान से जोड़कर नई परंपरा का सूत्रपात किया। जैनेंद्र का जन्म सन् 1905 ई. में अलीगढ़ (उ.प्र.) में हुआ। हस्तिनापुर के गुरुकुल में प्रारंभिक शिक्षा प्राप्त करने के बाद उन्होंने काशी विश्वविद्यालय में उच्च शिक्षा के लिए प्रवेश लिया। 1921 में कांग्रेस के असहयोग आंदोलन में भाग लेने के उद्देश्य से पढ़ाई बीच में ही छोड़ दी। 1923 में नागपुर जाकर राजनीतिक पत्रों के संवाददाता के रूप में कार्य किया। बाद में लेखन पर ही पूरा ध्यान केंद्रित कर दिया।

जैनेंद्र ने अपनी विशिष्ट चिंतन शक्ति और विचार-प्रवाह से कथा-साहित्य को महत्त्वपूर्ण दिशा दी। उनका प्रथम उपन्यास 'परख' 1929 में प्रकाशित हुआ। 'सुनीता', 'त्यागपत्र', 'कल्याणी', 'सुखदा', 'विवर्त', 'व्यतीत', 'जयवर्धन' इनके प्रमुख उपन्यास हैं। कहानीकार के रूप में भी जैनेंद्र की उपलब्धियाँ महत्त्वपूर्ण हैं। 'फाँसी', 'वातायन', 'नीलम देश की राजकन्या', 'एक रात', 'दो चिड़िया', 'पाजेब', 'जयसन्धि' इनके कहानी संग्रह हैं।

मानव मनोविज्ञान का उद्घाटन जैनेंद्र की कहानियों की मूल प्रेरणा रही है। मनोविज्ञान के अनुसार मनुष्य का अंतर्जगत उसके बाह्य जगत की अपेक्षा अधिक शक्तिशाली और जटिल होता है और वही जीवन को प्रेरित और निर्देशित करता है। जैनेंद्र का कथा-साहित्य इसी तथ्य की साहित्यिक अभिव्यक्ति है। इनकी कहानियाँ चरित्र की कर्म-प्रेरणाओं और मानसिक स्थिति के सूक्ष्म विश्लेषण पर आधारित हैं। उन्होंने पात्रों की मनःस्थिति और बाह्य जगत के संघर्षों का बारीक चित्रण किया है।

बाल-मनोविज्ञान, स्त्री-पुरुष के पारस्परिक संबंध, परंपरागत मूल्यों और सामाजिक बंधनों से जूझते व्यक्ति के संघर्ष उनकी कहानियों की विषयवस्तु रहे हैं। नैतिकता के बँधे-बँधाए चौखटों की पैरवी करने के स्थान पर जैनेंद्र ने व्यक्ति के स्वतंत्र मूल्य बोध को मान्यता दी और समाज के बीच व्यक्ति की विशिष्टता को उभारा।

शिल्प की दृष्टि से भी जैनेंद्र की कहानियों में नवीनता है। कथानक, चरित्र-चित्रण, वातावरण निर्माण के लिए उन्होंने वर्णन के स्थान पर सूक्ष्म संकेतों से काम लिया। उनकी भाषा, गंभीर, सांकेतिक और व्यंजना-प्रधान है। प्रतीक, स्वप्न, फैंटेसी आदि के प्रयोग द्वारा उन्होंने अपनी शैली को समृद्ध किया है।

अपना अपना भाग्य

जैनेंद्र मनोवैज्ञानिक कहानीकार हैं। मनोवैज्ञानिक इस अर्थ में कि उनकी कहानियाँ, बाह्य परिवेश को आंतरिक भावजगत में तलाशती हैं। 'अपना अपना भाग्य' कहानी बाहर सड़क पर होने वाली सामान्य घटना को मनुष्य की आंतरिक मनुष्यता की कसौटी पर परखती है। कहानी विविध-स्तरीय है। उसके कथानक को तीन हिस्सों में बाँटा जा सकता है। पहला दृश्य नैनीताल की सड़क पर सैलानियों के व्यवहार और उनकी प्रकृति के विश्लेषण पर केंद्रित है। दूसरा हिस्सा उस दसवर्षीय बच्चे से जुड़ा है जिसने दस बरस की कम उम्र में जिंदगी के भयावह यथार्थ को करीब से देखा और पहचाना है। तीसरे अंश में एक तरह से लेखक ने हमारे मानवीय सरोकारों के छद्म को अनावृत करने की चेष्टा की है।

कहानी में नैनीताल के सुरम्य पर्वतीय प्रदेश का वर्णन परिपार्श्व (Background) की तरह आया है लेकिन वह केवल वातावरण ही नहीं है। लेखक प्रकृति के उस अपार सौंदर्य के बीच घूमते-फिरते

लोगों के मन की असुंदरता को व्यक्त करता है। वे दृश्य भारत की पराधीनता के यथार्थ को भी बखूबी व्यक्त करते हैं। वहाँ चलने वाले तीन तरह के लोग हैं—कुछ अंग्रेज जो शासकीय दंभ से भरे अधिकार-गर्व में चल रहे हैं। दूसरा वर्ग घोड़ों की बाग थामे उन हिंदुस्तानियों का है जिन्होंने अपने सम्मान से समझौता कर लिया है और अंग्रेज स्वामियों के सामने दुम हिला रहे हैं। इनके साथ-साथ भारतीयों का एक ऐसा वर्ग भी है जो अपनी चमड़ी के रंग के बावजूद स्वयं को अंग्रेजों से ज्यादा अंग्रेज समझते हैं। वे अंग्रेजों को देखकर उनके अनुगत होते हैं और अपने देशवासियों को 'नेटिव' कहकर उन्हें वितृष्णा भरी निगाहों से देखते हैं।

लेखक का ध्यान परिवेश के बीच से उभरती दो संस्कृतियों के बीच की टकराहट पर भी गया है। वे अंग्रेज स्त्रियों के खुलेपन और भारतीय स्त्रियों की सलज्जता का भी सूक्ष्म विश्लेषण करते हैं।

सुंदरता की पहचान पहाड़ों और रोशनियों से ज्यादा मनुष्य की मनुष्यता पर केंद्रित है। कहानी के अगले हिस्से में लेखक उसी की परीक्षा करता है। कड़कड़ाती सर्दी और टप-टप टपकते कोहरे के बीच लेखक के मित्र उनका ध्यान एक दस वर्षीय बच्चे की तरफ खींचते हैं। बच्चे का उदास मलिन चेहरा और उसकी देह पर वैसी ठंड में गंदी-सी कमीज, नंगे सिर, नंगे पैर आगे बढ़ते लड़खड़ाते कदम उसके जीवन की विडंबना को साफ अभिव्यक्त कर रहे हैं। लेखक और उनके मित्र जिज्ञासावश उससे उसके जीवन की कहानी सुनना चाहते हैं जिस कहानी में अभाव और अपमान के सिवा कुछ भी नहीं था। वह इस कम उम्र में भूख और पिता की मार से लाचार होकर एक दूसरे लड़के के साथ घर से भाग आया था। वहाँ उसने साहब की मार खाकर अपने साथी को मरते देखा था। स्वयं बहुत-सा काम करते हुए भी एक रुपए और जूठे भोजन के बदले किसी तरह खुद को

जिंदा रखने की कोशिश कर रहा था कि नौकरी से निकाल दिया गया और अब इस कोहरे और बर्फ में सड़क पर पड़े रहने के अलावा उसके पास कोई विकल्प नहीं बचा है। उसकी कहानी सुनकर दोनों मित्र द्रवीभूत हो उठते हैं। उसकी नौकरी लगाने के लिए रात एक बजे भी अपने एक साथी के पास जाते हैं लेकिन कुछ नहीं होता। अभावों में पैदा हुए गरीब और कुम्हलाए चेहरों वाले बच्चे अपने चरित्र पर भी शैतान होने का दाग़ लिए आते हैं। ऊँचे होटलों में रहने वाले किसी भी सड़क चलते बच्चे की मासूमियत पर विश्वास नहीं कर सकते। लेखक और उनके मित्र के आश्वासन कि वह अच्छा निकलेगा किसी काम नहीं आते।

कहानी का यह बिंदु चरमोत्कर्ष का है। दोनों संवेदनशील मित्रों की दयार्द्रता की सच्ची परख इसी क्षण होती है। दोनों की जेब में दस-दस के नोट हैं और मन में उस लड़के के लिए कुछ करने का भाव भी। वे उसे खाने के लिए कुछ पैसे देना चाहते हैं पर दस रुपए उसके लिए ज्यादा हैं। स्वार्थ की फिलासफी परमार्थ की भावना से कहीं शक्तिशाली है। सब जानते-समझते हुए भी वे उसे केवल आश्वासन के सहारे उस कड़कड़ाती सर्दी में मृत्यु का ग्रास बनने के लिए सड़क पर ही छोड़कर आगे चल देते हैं। उन्होंने अगले दिन उस लड़के को अपने होटल बुलाया था पर सुबह मोटर में बैठते हुए उस लड़के की मृत्यु की खबर उन तक पहुँचती है जिसे वे 'अपना-अपना भाग्य' कहकर संतोष कर लेते हैं।

'भाग्य' सभ्य समाज के अंतर्विरोध का आवरण है। यह एक तरह का नैतिक ढोंग है। कहानी का पूरा ढाँचा इस नैतिकता पर प्रश्न-चिह्न लगाता है। कहानी में इन गिने-चुने पात्रों का कोई चारित्रिक विकास नहीं है लेकिन ऐसी द्वंद्वपूर्ण स्थिति के माध्यम से उन चरित्रों के अंतर और बाह्य के बीच जो अंतर है उसे पूरी गहराई और सूक्ष्मता के साथ अभिव्यक्त किया गया है।

जैनेंद्र की इस कहानी में अनुभव की प्रकृति कहानी के शास्त्रीय ढाँचे को चुनौती देती है।

इस कहानी की भाषा गद्य में कविता का सुंदर उदाहरण है। "नैनीताल की संध्या धीरे-धीरे उतर रही थी। या सब सन्नाटा था। तल्ली ताल की बिजली की रोशनियाँ दीप-मालिका-सी जगमगा रही थीं।" प्राकृतिक दृश्यों के काव्यात्मक संयोजन के साथ नाटकीय संवादों की सृष्टि भी हुई है। लड़के के साथ पूरी बातचीत अत्यंत संक्षिप्त संवाद सूत्रों में विकसित होती है। लाक्षणिक मुहावरेदारी से युक्त भाषा जैसे–

"नैनीताल-स्वर्ग के किसी काले गुलाम पशु के दुलार का वह बेटा..." अमूर्त्त को मूर्त्त करने में सक्षम है। जैनेंद्र की कहानियों में गहरी विचारात्मकता से उत्पन्न आत्मविश्लेषण उनकी कथा-शैली को एक भिन्न आत्मीयता प्रदान करता है।

अपना अपना भाग्य

□ जैनेंद्र

(1)

बहुत कुछ निरुद्देश घूम चुकने पर हम सड़क के किनारे की एक बेंच पर बैठ गए।

नैनीताल की संध्या धीरे-धीरे उतर रही थी। रूई के रेशे से भाप से बादल हमारे सिरों को छू-छूकर बेरोक घूम रहे थे। हलके प्रकाश और अँधियारी से रंगकर कभी वे नीले दीखते, कभी सफेद और फिर जरा देर में अरुण पड़ जाते। वे जैसे हमारे साथ खेलना चाह रहे थे।

पीछे हमारे पोलोवाला मैदान फैला था। सामने अँग्रेजों का एक प्रमोद-गृह था जहाँ सुहावना-रसीला बाजा बज रहा था और पार्श्व में था वही सुरम्य अनुपम नैनीताल।

ताल में किश्तियाँ अपने सफेद पाल उड़ाती हुईं एक-दो अँग्रेज यात्रियों को लेकर, इधर से उधर खेल रही थीं और कहीं कुछ अँग्रेज एक-एक देवी सामने प्रतिस्थापित कर, अपनी सूई-सी शक्ल की डोंगियों को मानों शर्त बाँधकर सरपट दौड़ा रहे थे। कहीं किनारे पर कुछ साहब अपनी बंसी पानी में डाले सधैर्य, एकाग्र, एकस्थ, एकनिष्ठ मछली-चिंतन कर रहे थे।

पीछे पोलो-लॉन में बच्चे किलकारियाँ मारते हुए हॉकी खेल रहे थे। शोर, मार-पीट, गाली-गलौज भी जैसे खेल का ही अंश था। इस तमाम खेल को उतने क्षणों का उद्देश्य बना, वे बालक अपना सारा मन, सारी

देह, समग्र बल और समूची विद्या लगाकर मानों खत्म कर देना चाहते थे। उन्हें आगे की चिंता न थी, बीते का खयाल न था। वे शुद्ध तत्काल के प्राणी थे। वे शब्द की संपूर्ण समाई के साथ जीवित थे।

सड़क पर से नर-नारियों का अविरत प्रवाह आ रहा था और जा रहा था। उसका न ओर था न छोर। यह प्रवाह कहाँ जा रहा था और कहाँ से आ रहा था, कौन बता सकता है? सब उम्र के सब तरह के लोग उसमें थे। मानों मनुष्यता के नमूनों का बाजार, सजकर, सामने से इठलाता निकला चला जा रहा हो।

अधिकार-गर्व में तने अँग्रेज उसमें थे, और चिथड़ों से सजे, घोड़ों की बाग थामे वे पहाड़ी उसमें थे, जिन्होंने अपनी प्रतिष्ठा और सम्मान को कुचलकर शून्य बना लिया है, और जो बड़ी तत्परता से दुम हिलाना सीख गये हैं।

भागते, खेलते, हँसते, शरारत करते, लाल-लाल अँग्रेज बच्चे थे और पीली-पीली आँखें फाड़े, पिता की उँगली पकड़कर चलते हुए अपने हिन्दुस्तानी नौनिहाल भी थे।

अँग्रेज पिता थे जो अपने बच्चों के साथ भाग रहे थे, हँस रहे थे और खेल रहे थे। इधर भारतीय पितृदेव भी थे, जो बुजुर्गी को अपने चारों तरफ लपेटे धन-संपन्नता के लक्षणों का प्रदर्शन करते हुए चले जा रहे थे।

अँग्रेज रमणियाँ थीं, जो धीरे नहीं चलती थीं, तेज चलती थीं। उन्हें न चलने में थकावट आती थी, न हँसने में लाज आती थी। कसरत के नाम पर घोड़ों पर भी बैठ सकती थीं, और घोड़े के साथ-ही-साथ, जरा जी होते ही, किसी हिंदुस्तानी पर भी कोड़े फटकार सकती थीं। वह दो-दो, तीन-तीन, चार-चार की टोलियों में निश्शंक, निरापद, इस प्रवाह में मानों अपने स्थान को जानती हुई, सड़क पर से चली जा रही थीं उधर हमारी भारत की कुछ लक्ष्मियाँ, सड़क के बिल्कुल किनारे-किनारे, दामन बचातीं और सम्हालती हुई, साड़ी की कई तहों में सिमट-सिमटकर, लोक-लाज, स्त्रीत्व और भारतीय गरिमा के आदर्श को अपने परिवेष्टनों में छिपाकर, सहमी-सहमी धरती में आँख गाड़े, कदम-कदम बढ़ रही थीं।

इसके साथ ही भारतीयता का एक और नमूना था। अपने कालेपन को खुरच-खुरचकर बहा देने की इच्छा करने वाले अँग्रेज-दाँ, पुरुषोत्तम भी थे, जो नेटिव को देखकर मुँह फेर लेते थे और अँग्रेज को देखकर आँखें बिछा देते थे, और दुम हिलाने लगते थे। वैसे वह अकड़कर चलते थे,—मानों भारतभूमि को इसी अकड़ के साथ कुचल-कुचलकर चलने का उन्हें अधिकार मिला है।

(2)

घंटे के घंटे सरक गये, अन्धकार गाढ़ा हो गया। बादल सफेद होकर जम गए। मनुष्यों का वह ताँता एक-एक कर क्षीण हो गया। अब इक्का-दुक्का आदमी सड़क पर छतरी लगाकर निकल रहा था। हम वहीं के वहीं बैठे थे। सर्दी-सी मालूम हुई। हमारे ओवरकोट भीग गए थे।

पीछे फिरकर देखा। वह लॉन बर्फ की चादर की तरह बिलकुल स्तब्ध और सुन्न पड़ा था।

सब सन्नाटा था। तल्लीताल की बिजली की रोशनियाँ दीप-मालिका-सी जगमगा रही थीं। वह जगमगाहट दो मील तक फैले हुए प्रकृति के जलदर्पण पर प्रतिबिंबित हो रही थी। और दर्पण का काँपता हुआ, लहरें लेता हुआ वह तल उन प्रतिबिंबों को सौ गुना हजार गुना करके, उनके प्रकाश को मानों एकत्र और पुंजीभूत करके व्याप्त कर रहा था। पहाड़ों के सिरपर की रोशनियाँ तारों-सी जान पड़ती थीं।

हमारे देखते-देखते एक घने पद ने आकर इन सबको ढँक दिया। रोशनियाँ मानों मर गईं। जगमगाहट लुप्त हो गई। वह काले-काले भूत से पहाड़ भी इस सफेद पर्दे के पीछे छिप गए। पास की वस्तु भी न दीखने लगी। मानों यह घनीभूत प्रलय थी। सब कुछ इस घनी, गहरी सफेदी में दब गया। जैसे एक शुभ्र महासागर ने फैलकर संसृति के सारे अस्तित्व को डुबो दिया। ऊपर नीचे, चारों तरफ, वह निर्भेद सफेद शून्यता ही फैली हुई थी।

ऐसा घना कुहरा हमने कभी न देखा था। वह टप-टप टपक रहा था।

मार्ग अब बिलकुल निर्जन, चुप था। वह प्रवाह न जाने किन घोंसलों में जा छिपा था।

उस बृहदाकार शुभ्र शून्य में, कहीं से ग्यारह बार टन् टन् हो उठा। जैसे कहीं दूर कब्र में से आवाज आ रही हो।

हम अपने-अपने होटलों के लिए चल दिए।

(3)

रास्ते में दो मित्रों का होटल मिला। दोनों वकील मित्र छुट्टी लेकर चले गए। हम दोनों आगे बढ़े। हमारा होटल आगे था।

ताल के किनारे-किनारे हम चले जा रहे थे। हमारे ओवरकोट तर हो गए थे। बारिश नहीं मालूम होती थी, पर वहाँ तो ऊपर-नीचे हवा के कण-कण में बारिश थी। सर्दी इतनी थी कि सोचा, कोट पर एक कंबल और होता तो अच्छा होता।

रास्तों में ताल के बिल्कुल किनारे एक बेंच पड़ी थी। मैं जी में बेचैन हो रहा था। झटपट होटल पहुँचकर, इन भीगे कपड़ों से छुट्टी पा, गरम बिस्तर में छिपकर सो रहना चाहता था। पर साथ के मित्र की सनक कब उठेगी और कब थमेगी—इसका क्या कुछ ठिकाना है! और वह कैसी क्या होगी इसका भी कुछ अंदाज है! उन्होंने कहा—आओ, जरा यहाँ बैठें।

हम उस चूते कुहरे में रात के ठीक एक बजे, तालाब के किनारे की उस भीगी, बर्फीली, ठंडी हो रही लोहे की बेंच पर बैठ गए।

पाँच-दस-पंद्रह मिनट हो गए। मित्र के उठने का इरादा न मालूम हुआ। मैंने खिझलाकर कहा—

"चलिए भी..."

"अरे, जरा बैठो भी..."

हाथ पकड़कर जरा बैठने के लिए जब इस जोर से बैठा लिया गया, तो और चारा न रहा—लाचार बैठ रहना पड़ा। सनक से छुटकारा आसान न था, और यह जरा बैठना भी जरा न था।

चुप-चुप बैठे तंग हो रहा था, कुढ़ रहा था कि मित्र अचानक बोले—

"देखो, वह क्या है?"

मैंने देखा—कुहरे की सफेदी में कुछ ही हाथ दूर से एक काली-सी मूरत हमारी तरफ बढ़ी आ रही थी। मैंने कहा—होगा कोई।

तीन गज दूरी से दीख पड़ा, एक लड़का सिर के बड़े-बड़े बालों को खुजलाता हुआ चला आ रहा है, नंगे पैर हैं, नंगे सिर। एक मैली-सी कमीज लटकाए है।

पैर उसके न जाने कहाँ पड़ रहे थे, और वह न जाने कहाँ जा रहा है—कहाँ जाना चाहता है! उसके कदमों में जैसे कोई न अगला है, न पिछला है, न दायाँ है, न बायाँ है।

पास की चुंगी की लालटेन के छोटे-से प्रकाश-वृत्त में देखा—कोई दस बरस का होगा। गोरे रंग का है, पर मैल से काला पड़ गया है, आँखें अच्छी बड़ी पर सूनी हैं। माथा जैसे अभी से झुर्रियाँ खा गया है।

वह हमें न देख पाया। वह जैसे कुछ भी नहीं देख रहा था। न नीचे की धरती, न ऊपर चारों तरफ फैला हुआ कुहरा, न सामने का तालाब और न बाकी दुनिया। वह बस अपने विकट वर्तमान को देख रहा था।

मित्र ने आवाज दी—ए!

उसने जैसे जागकर देखा और पास आ गया।

"तू कहाँ जा रहा है रे?"

उसने अपनी सूनी आँखें फाड़ दीं।

"दुनिया सो गई, तू ही क्यों घूम रहा है?"

बालक मौन-मूक, फिर भी बोलता हुआ चेहरा लेकर खड़ा रहा।

"कहाँ सोएगा?"

"यहीं कहीं।"

"कल कहाँ सोया था?"

"दुकान पर।"

"आज वहाँ क्यों नहीं?"

"नौकरी से हटा दिया।"

"क्या नौकरी थी?"

"सब काम। एक रुपया और जूठा खाना।"

"फिर नौकरी करेगा?"

"हाँ–"

"बाहर चलेगा?"

"हाँ।"

"आज क्या खाना खाया?"

"अब खाना मिलेगा?"

"नहीं मिलेगा।"

"यों ही सो जाएगा?"

"हाँ–"

"कहाँ?"

"यहीं कहीं।"

"इन्हीं कपड़ों से?"

बालक फिर आँखों से बोलकर मूक खड़ा रहा। आँखें मानो बोलती थीं–"यह भी कैसा मूर्ख प्रश्न!"

"माँ बाप हैं?"

"हैं।"

"कहाँ?"

"15 कोस दूर गाँव में।"

"तू भाग आया?"

"हाँ।"

"क्यों?"

"मेरे कई छोटे भाई-बहन हैं, सो भाग आया। वहाँ काम नहीं, रोटी नहीं। बाप भूखा रहता था और मारता था। माँ भूखी रहती थी और रोती थी। सो भाग आया। एक साथी और था। उसी गाँव का था,–मुझसे बड़ा। दोनों साथ यहाँ आए। वह अब नहीं है।"

"कहाँ गया?"

"मर गया।"

इस जरा-सी उम्र में ही इसकी मौत से पहचान हो गई!–मुझे अचरज हुआ, दर्द हुआ, पूछा–"मर गया?"

"हाँ, साहब ने मारा, मर गया।"

"अच्छा, हमारे साथ चल।"

वह साथ चल दिया। लौटकर हम वकील दोस्तों के होटल में पहुँचे।

"वकील साहब!"

वकील लोग, होटल के ऊपर के कमरे से उतरकर आये। काश्मीरी दोशाला लपेटे थे, मोजे-चढ़े पैरों में चप्पल थी। स्वर में हलकी-सी झुँझलाहट और लापरवाही थी।

"ओ-हो फिर आप!–कहिए?"

"आपको नौकरी की जरूरत थी न?–देखिये, यह लड़का है।"

"कहाँ से लाये?–इसे आप जानते हैं?"

"जानता हूँ–यह बेईमान नहीं हो सकता।"

"अजी, ये पहाड़ी बड़े शैतान होते हैं। बच्चे-बच्चे में गुन छिपे रहते हैं। आप भी क्या अजीब हैं–उठा लाए कहीं से–'लो जी, यह नौकर लो'।"

"मानिए तो, यह लड़का अच्छा निकलेगा।"

"आप भी...जी, बस खूब हैं। ऐरे-गैरे को नौकर बना लिया जाय और अगले दिन वह न जाने क्या-क्या लेकर चंपत हो जाय।"

"आप मानते ही नहीं, मैं क्या करूँ!"

"मानें क्या खाक?–आप भी–जो, अच्छा मजाक करते हैं।...अच्छा अब हम सोने जाते हैं।"

और वह चार रुपए रोज के किराएवाले कमरे में सजी मसहरी पर सोने झटपट चले गये।

(4)

वकील साहब के चले जाने पर होटल के बाहर आकर मित्र ने अपनी जेब में हाथ डालकर कुछ टटोला। पर झट कुछ निराशभाव से हाथ बाहर कर वे मेरी ओर देखने लगे।

"क्या है?"–मैंने पूछा।

"उसे खाने के लिए कुछ देना चाहता था," अँग्रेजी में मित्र ने

कहा—"मगर दस-दस के नोट हैं।"

"नोट ही शायद मेरे पास हैं, देखूँ?"

सचमुच मेरी जेब में भी नोट ही थे। हम फिर अँग्रेजी में बोलने लगे। लड़के के दाँत बीच-बीच में कटकटा उठते थे। कड़ाके की सर्दी थी।

मित्र ने पूछा—"तब?"

मैंने कहा—"दस का नोट ही दे दो।" सकपकाकर मित्र मेरा मुँह देखने लगे—"अरे यार, बजट बिगड़ जाएगा। हृदय में जितनी दया है, पास में उतना पैसा तो नहीं।"

"तो जाने दो; यह दया ही इस जमाने में बहुत है।"—मैंने कहा। मित्र चुप रहे। जैसे कुछ सोचते रहे। फिर लड़के से बोले—

"अब आज तो कुछ नहीं हो सकता। कल मिलना। वह 'होटल-डि-पव' जानता है? वहीं कल दस बजे, मिलेगा?"

"हाँ, कुछ काम देंगे हुजूर?"

"हाँ-हाँ, ढूँढ़ दूँगा।"

"तो जाऊँ?"—लड़के ने निराश आशा से पूछा।

"हाँ"—ठण्डी साँस खींचकर फिर मित्र ने पूछा—"कहाँ सोएगा?"

"यहीं कहीं; बेंच पर, पेड़ के नीचे—किसी दुकान की भट्ठी में।"

बालक कुछ ठहरा। मैं असमंजस में रहा। तब वह प्रेतगति से एक ओर बढ़ा और कुहरे में मिल गया। हम भी होटल की ओर बढ़े। हवा तीखी थी—हमारे कोटों को पारकर बदन में तीर-सी लगती थी।

सिकुड़ते हुए मित्र ने कहा—"भयानक शीत है। उसके पास कम—बहुत कम कपड़े—!"

"यह संसार है यार!" मैंने स्वार्थ की फिलासफी सुनाई, "चलो, पहले बिस्तर में गर्म हो लो, फिर किसी और की चिंता करना।"

उदास होकर मित्र ने कहा—"स्वार्थ!—जो कहो, लाचारी कहो, निठुराई कहो—या बेहयाई!"

× × ×

दूसरे दिन नैनीताल-स्वर्ग के किसी काले गुलाम पशु के दुलार का वह

बेटा—वह बालक, निश्चित समय पर हमारे 'होटल-डि-पव' में नहीं आया। हम अपनी नैनीताल-सैर खुशी-खुशी खतम कर चलने को हुए। उस लड़के की आस लगाते बैठे रहने की जरूरत हमने न समझी।

मोटर में सवार होते ही थे कि यह समाचार मिला—पिछली रात, एक पहाड़ी बालक, सड़क के किनारे, पेड़ के नीचे ठिठुरकर मर गया।

मरने के लिए उसे वही जगह, वही दस बरस की उम्र और वही काले चिथड़ों की कमीज मिली! आदमियों की दुनिया ने बस यही उपहार उसके पास छोड़ा था।

पर बतलाने वालों ने बताया कि गरीब के मुँह पर छाती, मुट्ठियों और पैरों पर बरफ की हलकी-सी चादर चिपक गई थी। मानो दुनिया की बेहयाई ढकने के लिए प्रकृति ने शव के लिए सफेद और ठंडे कफन का प्रबंध कर दिया था!

सब सुना और सोचा—अपना अपना भाग्य!

अज्ञेय

अज्ञेय ने साहित्य की विविध विधाओं में उत्कृष्ट रचनाएँ कीं और अनेक प्रतिमान स्थापित किए। अज्ञेय का पूरा नाम सच्चिदानंद हीरानंद वात्स्यायन 'अज्ञेय' है। इनका जन्म 1911 में उत्तर प्रदेश के देवरिया जिले में हुआ। पिता पुरातत्त्व विभाग में सेवारत होने के कारण भारत के विभिन्न भागों में भ्रमण करते रहे और अज्ञेय को भी पिता के साथ इन स्थानों में रहने और अध्ययन करने का अवसर मिला। उच्च शिक्षा मद्रास और लाहौर में हुई। लाहौर विश्वविद्यालय से अंग्रेजी में एम.ए. करते हुए ये क्रांतिकारियों के संपर्क में आए और क्रांतिकारी आंदोलन से जुड़ गए। 1930 में पकड़े जाने पर चार वर्ष जेल में और दो वर्ष नजरबंद रहे। अज्ञेय का जीवन विविधताओं से पूर्ण रहा। जिसका प्रभाव इनके साहित्य पर स्पष्ट देखा जा सकता है।

साहित्य के क्षेत्र में अज्ञेय की प्रतिभा बहुमुखी है, उन्होंने कविता, कहानी, उपन्यास, नाटक, निबंध, यात्रावृत्त, डायरी आदि अनेक विधाओं में महत्त्वपूर्ण रचनाएँ प्रस्तुत कीं। कविता में उन्होंने 'प्रयोगवाद' नाम से नई परंपरा की नींव डाली। 'बावरा अहेरी', 'इंद्रधनुष रौंदे हुए ये', 'हरी घास पर क्षण भर', 'कितनी नावों में कितनी बार', 'सर्जना के क्षण', आदि उनके काव्य संग्रह हैं। उनकी संपूर्ण कविताएँ 'सदानीरा' नाम से दो भागों में प्रकाशित हुई हैं। 'शेखर एक जीवनी', 'नंदी के द्वीप' और 'अपने अपने अजनबी' उनके उपन्यास हैं। कहानीकार के रूप में अज्ञेय के दस संग्रह प्रकाशित हुए, जो बाद में दो संग्रहों में 'छोड़ा हुआ रास्ता' और 'लौटती

पगडंडियाँ' नाम से प्रकाशित हुए।

विविधता अज्ञेय के कहानी साहित्य की पहचान है। उन्होंने अपने कथानक अलग-अलग क्षेत्रों से चुने हैं। हिंदी कहानी साहित्य में जिन रचनाकारों ने मनोवैज्ञानिक कहानियाँ लिखीं उनमें अज्ञेय का नाम प्रमुख है। मनोविज्ञान के साथ-साथ देश-विभाजन के दर्द, स्त्री के एकांगी जीवन की नीरसता, प्रेम और पीड़ा के रोमानी यथार्थ को भी अज्ञेय ने अपनी कहानियों का विषय बनाया।

'स्वातंत्र्य की खोज' अज्ञेय के समस्त साहित्य का मूल्य है। उन्होंने अपनी कहानियों में व्यक्ति की स्वतंत्रता की प्रतिष्ठा की है। अज्ञेय गंभीर चिंतक व विचारक हैं। यही तीव्र वैचारिकता उनकी कहानियों में झलकती है।

समाज में संबंधों की रूढ़ प्रणालियों का विरोध करते हुए वे व्यक्ति की निजता की तलाश करते दिखाई पड़ते हैं। संयमित कला, भाषा की प्रयोगात्मक अभिव्यक्तियाँ और प्रकृति के उत्साह भरे, सुंदर गतिशील बिंब उनकी सभी कहानियों में व्याप्त हैं। अज्ञेय की कहानियाँ पढ़ते हुए लेखक की विशिष्टता का बोध स्वतः ही हो जाता है।

हीली-बोन् की बत्तखें

अज्ञेय भी मनोवैज्ञानिक कहानीकार हैं लेकिन उनकी कथा-शैली और मनोवैज्ञानिकता जैनेंद्र से भिन्न है। हीली-बोन् की बत्तखें कहानी इस दृष्टि से उनकी विलक्षणता को उभारने में सक्षम है। अज्ञेय की अन्य कहानियों की तरह इस कहानी का केंद्र भी एक जटिल अनुभव है। पर्वतीय प्रदेश में अकेली रहने वाली हीली बोनू ने अपनी आजीविका के लिए बत्तखें पाल रखी हैं। उसे अपनी सुंदर बत्तखों पर गर्व है। पिछले कुछ दिनों से हर तीसरे-चौथे दिन कोई पशु उसकी एक आध बत्तख मार जाता। हीली इससे बेहद परेशान है। उसकी आवाज सुनकर फौजी कैप्टन

दयाल उसकी मदद करने का प्रस्ताव करता है और घात लगाकर बत्तखों को मारने वाले नर लोमड़ी का शिकार कर लेता है। लोमड़ गोली लगने से घायल होकर वापस लौट जाता है। सुबह कैप्टन दयाल और हीली दोनों उस शिकार को ढूँढ़ने निकलते हैं जो उसकी प्यारी बत्तखों को डाकू की तरह खत्म करता रहा। पाँव और खून के धब्बों के पीछे-पीछे चलते वे लोमड़ी की खोह तक पहुँचते हैं और वहाँ पारिवारिकता का अद्‌भुत दृश्य देखते हैं। नर लोमड़ी की देह के पास मादा लोमड़ी अपने तीन छोटे बच्चों के साथ अत्यंत विषाद में खड़ी है। यह दृश्य हीली के मन में उन्माद पैदा करता है और वह कैप्टन दयाल से बिना कुछ कहे दौड़ती हुई घर पहुँचती है। वहाँ जब बत्तखें उसके आस-पास जमा हो जाती हैं तो उसका आवेश अजब तरह फूटता है। वह एक-एक कर अपनी सारी बत्तखों को डाओ से काट डालती है और कैप्टन दयाल को भी हत्यारा कहती है। कहानी में यह घटना इतने आकस्मिक रूप में घटती है कि वह कई सवाल पैदा करती है। हीली ने अपनी उन बत्तखों को इतनी निर्दयता से कैसे मार डाला जो उसका गर्व थीं और जिससे मंडल के सारे गाँव ईर्ष्या करते थे? कहानी के अनेक संदर्भ अनुभव की जटिल प्रकृति को समझाने में सहायक हैं। हीली का चरित्र अकेले रहते हुए कई मनोग्रंथियों के बीच विकसित हुआ है।

हीली मातृसत्तात्मक समाज में रहती है। वह अनुशासनों में बँधी न होकर स्वयं अनुशासन चलाती है। उसके जीवन में स्त्री जीवन की गुलामी के विपरीत खुलापन और अधिकार हैं। फिर भी यह स्त्री सत्ता उसके जीवन के अकेलेपन को दूर करने में समर्थ नहीं है। पिता की मृत्यु के बाद सारी संपत्ति सबसे छोटी बहन को मिल गई लेकिन जिम्मेदारियों की विरासत उसी की है। चौंतीसवें वर्ष में अकेला जीवन जीती हीली के पास बस वह घर है जहाँ वह रहती है। उसकी अलग-अलग उक्तियों में उसका अकेलापन झाँकता है।

प्यार की ऊष्मा और स्नेह की तरलता से वंचित हीली अकेला जीवन जीने को अभिशप्त है। हीली सुंदर थी लेकिन अब कोई पुरुष उसके जीवन में न था। कहानी में यह स्पष्ट संकेत मिलते हैं कि उसने भी प्यार किया और प्यार पाया था लेकिन जो कुछ सोचा वह न हुआ क्योंकि अज्ञेय के अनुसार जब आप प्यार करते हैं तब नहीं सोचते और बाद में जब सोच आती है तो सोचने को कुछ बचता ही नहीं। कहानी में इस संदर्भ को विकसित नहीं किया गया लेकिन यह उसके लिए प्रेम और पारिवारिकता के बिखर जाने की असहनीय पीड़ा की मनोग्रंथि हो सकता है। इसीलिए नर लोमड़ी के मृत शरीर के पास उसकी मादा और बच्चों को देखकर वह बेचैन हो जाती है। उसे लगता है कि वह स्वयं, उसकी बत्तखें और कैप्टन दयाल सब उस परिवार के बिखरने के लिए जिम्मेदार हैं। सब हत्यारे हैं। उस पशु की हिंसा के सम्मुख उसे अपनी हिंसा कहीं अधिक क्रूर और घातक लगती है और आवेश के उन क्षणों में वह उस सबको मिटा देनी चाहती है जो फिर कभी उस लोमड़ी के परिवार के टूटने का कारण बन सकते हैं। लोमड़ी की वेदना में उसने अपना भी सर्वस्व मिटा डाला और कहानी के अंत में उसका अकेलापन और भी कारुणिक लगता है। यों भी हीली का बाहरी जीवन जगत से कितना संबंध था। वह खुली आँखों से भी बाहर की अपेक्षा भीतर की ओर देखती जहाँ लेखक के शब्दों में "भावनाएँ ही साकार थीं, और अनुभूतियाँ ही मूर्त..."

हीली के अतिरिक्त कहानी में किसी और का चरित्र कोई विशेष अर्थ नहीं रखता क्योंकि कुछ लोगों के मात्र नाम हैं और कैप्टन दयाल सहायक पात्र की तरह ही आते हैं।

अज्ञेय कहानी को बहुत खूबसूरती से अतीत और वर्तमान के बीच स्थित करते हैं। कुछ पुरानी घटनाएँ याद कर हीली के चेहरे पर नीरस मुस्कान उभर आती लेकिन वर्तमान की पीड़ा स्थायी बनी रहती है।

अज्ञेय की कहानियों में प्रकृति का भी विशेष स्थान है। इस कहानी में प्राकृतिक दृश्य केवल वातावरण निर्माण का ही काम नहीं करते बल्कि उनका स्वतंत्र अस्तित्व है और उनसे जीवन का फलसफा (दर्शन) बनता है। एक दृश्य में हीली साँझ ढलते हुए देख रही है। साँझ के उभरते अँधेरे में बुरूस के लाल गुच्छे अंधकार में गुम होकर अपनी अलग पहचान खो देते हैं। इस पर हीली सोचती है–"क्यों रंग ही पहले बुझता है, फूल ही पहले ओझल होते हैं..." यह उक्ति उसके जीवन की नीरसता की भी व्यंजक है। संभवतः उसके जीवन से भी रंग बुझ गए हैं और खिलखिलाहट खो गई है।

कहानी के पार्श्व में युद्ध के भी संकेत हैं। युद्ध की अशांति में उस पहाड़ी प्रदेश में स्त्री-पुरुष संबंधों के भी नए रूप बनते रहे। अनेक अपरिचित फौजी वहाँ की स्त्रियों के साथ सुख-दुःख के कई संबंध बना बैठे लेकिन हीली के जीवन के अकेलेपन तक कोई नहीं पहुँच सकता क्योंकि प्रेम और पीड़ा का अटूट रिश्ता है। हीली शायद अपने हिस्से का प्यार पा चुकी है और अब आजीवन पीड़ा झेल रही है।

कहानी की भाषा अज्ञेय की भाषा-सामर्थ्य का परिचय देती है। शब्दों के मामले में अज्ञेय अत्यंत मितव्यय हैं अर्थात् उन्हें बहुत कम शब्दों में अपनी बात कहने की आदत है। इसीलिए कहानी में कुछ प्रसंग स्पष्ट कथन से विकसित नहीं हुए केवल उनकी सांकेतिक अभिव्यक्ति हुई है। हीली का अंतर्द्वंद्व भी पाठक की कल्पना पर छोड़ दिया गया है। फिर भी उनके पास चित्रकार की दृष्टि है जो कहानी विधा के अंतर्गत ऐसे गतिशील बिंब (Images) रचती है जो कहानी में चरित्र और वातावरण का निर्माण एक साथ कर देते हैं।

हीली-बोन् की बत्तखें

❑ अज्ञेय

(1)

हीली-बोन् ने बुहारी देने का ब्रुश पिछवाड़े के बरामदे के जंगल से टेक कर रखा और पीठ सीधी करके खड़ी हो गयी। उसकी थकी-थकी-सी आँखें पिछवाड़े के गीली लाल मिट्टी के काई-ढके किंतु साफ-फर्श पर टिक गईं। काई जैसे लाल मिट्टी को दीखने दे कर भी एक चिकनी झिल्ली से उसे छाये हुए थी; वैसे ही होली-बोन् की आँखों पर भी कुछ छा गया जिसके पीछे आँगन के चारों ओर तरतीब से सजे हुए जरेनियम के गमलों, दो रंगीन बेंत की कुरसियों और रस्सी पर टँगे हुए तीन-चार धुले हुए कपड़ों की प्रतिच्छवि रह कर भी न रही। और कोई और गहरे देखता तो अनुभव करता कि सहसा उसके मन पर भी कुछ शिथिल और तंद्रामय छा गया है, जिससे उसकी इंद्रियों की ग्रहणशीलता तो ज्यों-की-त्यों रही है पर गृहीत छाप को मन तक पहुँचाने और मन को उद्वेलित करने की प्रणालियाँ रुद्ध हो गई हैं...

किंतु हठात् वह चेहरे का चिकना बुझा हुआ भाव खुरदुरा होकर तन आया, इंद्रियाँ सजग हुईं, दृष्टि और चेतना केंद्रित, प्रेरणा प्रबल—हीली-बोन् के मुँह से एक हल्की-सी चीख निकली और वह बरामदे से दौड़ कर आँगन

पार करके एक ओर बने हुए छोटे-से बाड़े पर पहुँची; वहाँ उसने बाड़े का किवाड़ खोला और फिर ठिठक गयी। एक और हल्की-सी चीख उसके मुँह से निकल रही थी, पर वह अध-बीच में ही रव-हीन हो कर एक सिसकती-सी लंबी साँस बन गयी।

पिछवाड़े से कुछ ऊपर की तरफ पहाड़ी रास्ता था; उस पर चढ़ते हुए व्यक्ति ने वह अनोखी चीख सुनी और रुक गया। मुड़ कर उसने हीली-बोन् की ओर देखा, कुछ झिझका, फिर जरा बढ़ कर बाड़े के बीच के छोटे-से बाँस के फाटक को ठेलता हुआ भीतर आया और विनीत भाव से बोला, ''खू-ब्लाई!''

हीली-बोन् चौंकी। 'खू-ब्लाई' खासिया भाषा का 'राम-राम' है, किंतु यह उच्चारण परदेसी है और स्वर अपरिचित—यह व्यक्ति कौन है? फिर भी खासिया जाति के सुलभ आत्मविश्वास के साथ तुरंत सँभलकर और मुस्कराकर उसने उत्तर दिया, ''खू-ब्लाई!'' और क्षण भर रुककर फिर कुछ प्रश्न-सूचक स्वर में कहा, ''आइए! आइए!''

आगंतुक ने पूछा, ''मैं आपकी कुछ मदद कर सकता हूँ? अभी चलते-चलते—शायद कुछ—''

''नहीं, वह कुछ नहीं''—कहते-कहते हीली का चेहरा फिर उदास हो आया। ''अच्छा, आइए देखिए।''

बाड़े की एक ओर आठ-दस बत्तखें थीं। बीचोंबीच फर्श रक्त से स्याह हो रहा था और आस-पास बहुत-से पंख बिखर रहे थे। फर्श पर जहाँ-तहाँ पंजों और नाखूनों की छापें थीं।

आगंतुक ने कहा, ''लोमड़ी।''

''हाँ। यह चौथी बार है। इतने बरसों में कभी ऐसा नहीं हुआ था; पर अब दूसरे तीसरे दिन एक-आध बत्तख मारी जाती है और कुछ उपाय नहीं सूझता। मेरी बत्तखों पर मंडल के सारे गाँव ईर्ष्या करते थे—स्वयं 'सियेम' के पास भी ऐसा बढ़िया झुंड नहीं था! पर अब—'' हीली चुप हो गयी।

आगंतुक भी थोड़ी देर चुपचाप फर्श को और बत्तखों को देखता रहा। फिर उसने एक बार सिर से पैर तक हीली को देखा और मानो कुछ

सोचने लगा। फिर जैसे निर्णय करता हुआ बोला, "आप ढिठाई न समझें तो एक बात कहूँ?"

"कहिए।"

"मैं यहाँ छुट्टी पर आया हूँ और कुछ दिनों नाङ्‌थ्लेम ठहरना चाहता हूँ। शिकार का मुझे शौक है। अगर आप इजाजत दें तो मैं इस डाकू की घात में बैठूँ—" फिर हीली की मुद्रा देख कर जल्दी से, "नहीं, मुझे कोई कष्ट नहीं होगा, मैं तो ऐसा मौका चाहता हूँ। आपके पहाड़ बहुत सुंदर हैं, लेकिन लड़ाई से लौटे हुए सिपाही को छुट्टी में कुछ शगल चाहिए।"

"आप ठहरे कहाँ हैं?"

"बँगले में! कल आया था, पाँच-छः दिन रहूँगा। सवेरे-सवेरे घूमने निकला था, इधर ऊपर जा रहा था कि आपकी आवाज सुनी। आपका मकान बहुत साफ और सुंदर है—"

हीली ने एक रूखी-सी मुस्कान के साथ कहा, "हाँ कोई कचरा फैलाने वाला जो नहीं है! मैं यहाँ अकेली रहती हूँ।"

आगंतुक ने फिर हीली को सिर से पैर तक देखा। एक प्रश्न उसके चेहरे पर झलका, किंतु हीली की शालीन और अपने में सिमटी-सी मुद्रा ने जैसे उसे पूछने का साहस नहीं दिया। उसने बात बदलते हुए कहा, "तो आपकी इजाजत है न? मैं रात को बंदूक लेकर आऊँगा। अभी इधर आस-पास देख लूँ कि कैसी जगह है और फिर किधर से किधर गोली चलायी जा सकती है।"

"आप शौकिया आते हैं तो जरूर आइए। मैं इधर को खुलने वाला कमरा आपको दे सकती हूँ—" कहकर उसने घर की ओर इशारा किया।

"नहीं नहीं, मैं बरामदे में बैठ लूँगा—"

"यह कैसे हो सकता है? रात को आँधी बारिश आती है। तभी तो मैं कुछ सुन नहीं सकी रात! वैसे आप चाहें तो बरामदे में आरामकुरसी भी डलवा दूँगी। कमरे में सब सामान है।" हीली कमरे की ओर बढ़ी, मानो कह रही हो, "देख लीजिए।"

"आपका नाम पूछ सकता हूँ?"

"हीली-बोनू यिर्वा। मेरे पिता सियेम के दीवान थे।"

"बड़ी खुशी हुई। आइए—अंदर बैठेंगे।"

"धन्यवाद—अभी नहीं। आपकी अनुमति हो तो शाम को आऊँगा। खू-ब्लाई—"

हीली कुछ रुकते स्वर में बोली, "खू-ब्लाई।" और बरामदे में मुड़ कर खड़ी हो गयी। कैप्टन दयाल बाड़े में-से बाहर होकर रास्ते पर हो लिए और ऊपर चढ़ने लगे, जिधर नई धूप में चीड़ की हरियाली दुरंगी हो रही थी और बीच-बीच में बुरूस के गुच्छे-गुच्छे गहरे लाल फूल मानो कह रहे थे, पहाड़ के भी हृदय है...

(2)

दिन में पहाड़ की हरियाली काली दीखती है, ललाई आग-सी दीप्त; पर साँझ के आलोक में जैसे लाल ही पहले काला पड़ जाता है। हीली देख रही थी; बुरूस के वे इक्के-दुक्के गुच्छे न जाने कहाँ अंधकार-लीन हो गए हैं, जबकि चीड़ के वृक्षों के आकार अभी एक-दूसरे से अलग स्पष्ट पहचाने जा सकते हैं। क्यों रंग ही पहले बुझता है, फूल ही पहले ओझल होते हैं, जबकि परिपार्श्व की एकरूपता बनी रहती है?

हीली का मन उदास होकर अपने में सिमट आया। सामने फैला हुआ नाङ्-थ्लेम का पर्वतीय सौंदर्य जैसे भाप बन कर उड़ गया; चीड़ और बुरूस, चट्टानें, पूर्वपुरुषों और स्त्रियों की खड़ी और पड़ी स्मारक शिलाएँ, घास की टीलों-सी लहरें, दूर नीचे पहाड़ी नदी का ताम्र-मुकुर, मखमली चादर में रेशमी डोरे-सी झलकती हुई पगडंडी—सब मूर्त्त आकार पीछे हटकर तिरोहित हो गए। हीली की खुली आँखें भीतर की ओर को ही देखने लगीं—जहाँ भावनाएँ ही साकार थीं और अनुभूतियाँ ही मूर्त्त...

हीली के पिता उस छोटे-से मांडलिक राज्य के दीवान रहे थे। हीली तीन संतानों में सबसे बड़ी थी और अपनी दोनों बहनों की अपेक्षा अधिक सुंदर भी। खासियों का जाति-संगठन स्त्री-प्रधान है; सामाजिक सत्ता स्त्री के हाथों में है और वह अनुशासन में चलती नहीं, अनुशासन को चलाती हैं। हीली भी मानो नाङ्-थ्लेम की अधिष्ठात्री थी। 'नाङ्क्रेम' के नृत्योत्सव में,

जब सभी मंडलों के स्त्री-पुरुष खासिया जाति के अधिदेवता नगाधिपति की बलि देते थे और उसके मर्त्य प्रतिनिधि अपने 'सियेम' का अभिनंदन करते थे, तब नृत्यमंडली में हीली मौन सर्वसम्मति से नेत्री हो जाती थी, और स्त्री-समुदाय उसी का अनुसरण करता हुआ झूमता था, इधर और उधर, आगे और दाएँ और पीछे...नृत्य में अंग-संचालन की गति न द्रुत थी न विस्तीर्ण; लेकिन कंपन ही सही, सिहरन ही सही, वह थी तो उसके पीछे-पीछे; सारा समुद्र उसकी अंग-भंगिमा के साथ लहरें लेता था...

एक नीरस-सी मुसकान हीली के चेहरे पर दौड़ गयी। वह कई बरस पहले की बात थी...अब वह चौंतीसवाँ वर्ष बिता रही है; उसकी दोनों बहनें ब्याह करके अपने-अपने घर रहती हैं; पिता नहीं रहे और स्त्री-सत्ता के नियम के अनुसार उनकी सारी सम्पत्ति सबसे छोटी बहन को मिल गयी। हीली के पास है यही एक कुटिया और छोटा-सा बगीचा—देखने में आधुनिक साहबी ढंग का बंगला, किंतु उस काँच और परदों के आडंबर को सँभालने वाली इमारत वास्तव में क्या है? टीन की चादर से छूता हुआ चीड़ का चौखटा, नरसल की चटाई पर गारे का पलस्तर और चारों ओर जरेनियम, जो गमले में लगा लो तो फूल हैं, नहीं तो निरी जंगली बूटी..

यह कैसे हुआ कि वह, 'नाङ्-क्रेम' की रानी, आज अपने चौंतीसवें वर्ष में इस कुटी के जरेनियम के गमले सँवारती बैठी है, और अपने जीवन में ही नहीं, अपने सारे गाँव में अकेली है?

अभिमान? स्त्री का क्या अभिमान! और अगर करे ही तो कनिष्ठा करे जो उत्तराधिकारिणी होती है—वह तो सब से बड़ी थी, केवल उत्तरदायिनी! हीली के ओठ एक विद्रूप की हँसी से कुटिल हो आए। युद्ध की अशांति के इन तीर-चार वर्षों में कितने ही अपरिचित चेहरे दीखे थे, अनोखे रूप; उल्लसित, उछ्वसित, लोलुप, गर्वित, याचक, पाप-संकुचित, दर्प-स्फीत मुद्राएँ...और वह जानती थी कि इन चेहरों और मुद्राओं के साथ उसके गाँव की कई स्त्रियों के सुख-दुःख, तृप्ति और अशांति, वासना और वेदना, आकांक्षा और संताप उलझ गए थे, यहाँ तक कि वहाँ के वातावरण में एक पराया और दूषित तनाव आ गया था। किंतु वह उससे अछूती ही रही थी। यह नहीं कि उसने इसके लिए कुछ उद्योग किया था या कि उसे गुमान

था—नहीं, यह कैसे उसके निकट कभी यथार्थ ही नहीं हुआ था।

लोग कहते थे कि हीली सुंदर है, पर स्त्री नहीं है। वह बाँबी क्या, जिसमें साँप नहीं बसता?...हीली की आँखें सहसा और भी घनी हो आयीं—नहीं, इससे आगे वह नहीं सोचना चाहती। व्यथा मर कर भी व्यथा से अन्य कुछ हो जाती है? बिना साँप की बाँबी—अपरूप, अनर्थक मिट्टी का ढूह! यद्यपि, वह याद करना चाहती तो याद करने को कुछ था—बहुत कुछ था—प्यार उसने पाया था और उसने सोचा भी था कि—

नहीं, कुछ नहीं सोचा था। जो प्यार करता है, जो प्यार पाता है, वह क्या कुछ सोचता है? सोच सब बाद में होता है, जब सोचने को कुछ नहीं होता।

और अब वह बत्तखें पालती है। इतनी बड़ी, इतनी सुंदर बत्तखें खासिया प्रदेश में और नहीं हैं। उसे विशेष चिंता नहीं है, बत्तखों के अंडों से इस युद्धकाल में चार-पाँच रुपये रोज की आमदनी हो जाती है, और उसका खर्च ही क्या है? वह अच्छी है, सुखी है, निश्चिंत है—

लोमड़ी...किंतु वह कुछ दिन की बात है—उसका तो उपाय करना ही होगा। वह फौजी अफसर जरूर उसे मार देता—नहीं तो कुछ दिन बाद थेड़्-क्यू के इधर आने पर वह उसे कहेगी कि तीर से मार दे या जाल लगा दे...कितनी दुष्ट होती है लोमड़ी—क्या रोज दो-एक बत्तख खा सकती है? व्यर्थ का नुकसान—सभी जंतु जरूरत से ज्यादा घेर लेते और नष्ट करते हैं—

बरामदे के काठ के फर्श पर पैरों की चाप सुनकर उसका ध्यान टूटा। कैप्टन दयाल ने एक छोटा-सा बेग नीचे रखते हुए कहा, "लीजिए, मैं आ गया।" और कंधे से बंदूक उतारने लगे।

"आपका कमरा तैयार है। खाना खाएँगे?"

"धन्यवाद—नहीं। मैं खा आया। रात काटने को कुछ ले भी आया बेग में! मैं जरा मौका देख लूँ, अभी आता हूँ। आपको नाहक तकलीफ दे रहा हूँ लेकिन—"

हीली ने व्यंग्यपूर्वक हँसकर कहा, "इस घर में न सही, पर खासिया घरों में अकसर पलटनिया अफसर आते हैं—यह नहीं हो सकता कि आपको बिल्कुल मालूम न हो।"

कैप्टन दयाल खिसिया-से गए। फिर धीरे-धीरे बोले, "नीचे वालों ने हमेशा पहाड़ वालों के साथ अन्याय ही किया है। समझ लीजिए कि पातालवासी शैतान देवताओं से बदला लेना चाहते हैं।"

"हम लोग मानते हैं कि पृथ्वी और आकाश पहले एक थे—पर दोनों को जोड़ने वाली धमनी इंसान ने काट दी। तब से दोनों अलग हैं और पृथ्वी का घाव नहीं भरता।"

"ठीक तो है।"

कैप्टन दयाल बाड़े की ओर चले गए। हीली ने भीतर आकर लैंप जलाया और बरामदे में लाकर रख दिया; फिर दूसरे कमरे में चली गयी।

(3)

रात में दो-अढाई बजे बंदूक की 'धाँय!' सुनकर हीली जागी, और उसने सुना कि बरामदे में कैप्टन दयाल कुछ खटर-पटर कर रहे हैं। शब्द से ही उसने जाना कि वह बाहर निकल गए हैं और थोड़ी देर बाद लौट आए हैं। तब वह उठी नहीं; लोमड़ी जरूर मर गई होगी और उसे सवेरे भी देखा जा सकता है, यह सोच कर फिर सो रही।

किंतु पौ फटते-न-फटते वह फिर जागी। खासिया प्रदेश के बंगलों की दीवारें असल में तो केवल काठ के परदे ही होते हैं; हीली ने जाना कि दूसरे कमरे में कैप्टन दयाल जाने की तैयारी कर रहे हैं। तब वह भी जल्दी से उठी, आग जला कर चाय का पानी रख, मुँह-हाथ धोकर बाहर निकली। क्षण-भर अनिश्चय के बाद वह बत्तखों के बाड़े की तरफ जाने को ही थी कि कैप्टन दयाल ने बाहर निकलते हुए कहा, "खू-ब्लाई, मिस यिर्वा; शिकार जख्मी तो हो गया पर मिला नहीं, अब खोज में जा रहा हूँ।"

"अच्छा? कैसे पता लगा?"

"खून के निशानों से, जख्म गहरा ही हुआ है—घिसट कर चलने के निशान साफ दीखते थे। अब तक बचा नहीं होगा—देखना यही है कि कितनी दूर गया होगा।"

"मैं भी चलूँगी। उस डाकू को देखूँ तो—" कहकर हीली लपककर

एक बड़ी 'डाओ' उठा लाई और चलने को तैयार हो गयी।

खून के निशान चीड़ के जंगल को छूकर एक ओर मुड़ गए, जिधर ढलाव था और आगे जरैंत की झाड़ियाँ, जिनके पीछे एक छोटा-सा झरना बहता था। हीली ने उसका जल कभी देखा नहीं था, केवल कल-कल शब्द ही सुना था—जरैंत का झुरमुट उसे बिल्कुल छाए हुए था। निशान झुरमुट तक आ कर लुप्त हो गए थे।

कैप्टन दयाल ने कहा, "इसके अंदर घुसना पड़ेगा। आप यहीं ठहरिए।"

"उधर ऊपर से शायद खुली जगह मिल जाए—वहाँ से पानी के साथ-साथ बढ़ा जा सकेगा—" कहकर हीली बायें को मुड़ी और कैप्टन दयाल साथ हो लिए।

सचमुच कुछ ऊपर जाकर झाड़ियाँ कुछ विरल हो गयी थीं और उनके बीच में घुसने का रास्ता निकाला जा सकता था। यहाँ कैप्टन दयाल आगे हो लिए, अपनी बंदूक के कुंदे से झाड़ियाँ इधर-उधर ठेलते हुए रास्ता बनाते चले। पीछे-पीछे हीली हटायी हुई लचकीली शाखाओं के प्रत्याघात को अपनी डाओ से रोकती हुई चली।

कुछ आगे चल कर झरने का पाट चौड़ा हो गया—दोनों ओर ऊँचे और आगे झुके हुए करारे, जिनके ऊपर जरैंत और हाली की झाड़ी इतनी घनी छायी हुई कि भीतर अँधेरा हो, परंतु पाट चौड़ा होने से मानो इस आच्छादन के बीच में एक सुरंग बन गई थी जिसमें आगे बढ़ने में विशेष असुविधा नहीं होती थी।

कैप्टन दयाल ने कहा, "यहाँ फिर खून के निशान हैं—शिकार पानी में से इधर घिसट कर आया है।"

हीली ने मुँह उठाकर हवा को सूँघा, मानों सीलन और जरैंत की तीव्र गंध के ऊपर और किसी गंध को पहचान रही हो। बोली, "यहाँ तो जानवर की—"

हठात् कैप्टन दयाल ने तीखे फुसफुसाते स्वर से कहा, "देखो—श्-श्!"

ठिठकने के साथ उनकी बाँह ने उठकर हीली को भी जहाँ-का-तहाँ रोक दिया।

अंधकार में कई-एक जोड़े अंगारे-से चमक रहे थे।

हीली ने स्थिर दृष्टि से देखा। करारे में मिट्टी खोद कर बनायी हुई खोह में—या कि खोह की देहरी पर—नर लोमड़ी का प्राणहीन आकार दुबका पड़ा था—कास के फूल की झाड़-सी पूँछ उसकी रानों को ढँक रही थी जहाँ गोली का जख्म होगा। भीतर शिथिल-गात लोमड़ी उस शव पर झुकी खड़ी थी, शव के सिर के पास मुँह किए मानो उसे चाटना चाहती हो और फिर सहमकर रुक जाती हो। लोमड़ी के पाँवों से उलझते हुए तीन छोटे-छोटे बच्चे कुनमुना रहे थे। उस कुनमुनाने में भूख की आतुरता नहीं थी; न वे बच्चे लोमड़ी के पेट के नीचे घुसड़-पुसड़ करते हुए भी उसके थनों को ही खोज रहे थे...माँ और बच्चों में किसी को ध्यान नहीं था कि गैर और दुश्मन की आँखें उस गोपन घरेलू दृश्य को देख रही हैं।

कैप्टन दयाल ने धीमे स्वर से कहा, "यह भी तो डाकू होगी—"

हीली की ओर से कोई उत्तर नहीं मिला। उन्होंने फिर कहा, "इसे भी मार दें--तो बच्चे पाले जा सकें—"

फिर कोई उत्तर न पाकर उन्होंने मुड़कर देखा और अचकचाकर रह गए।

पीछे हीली नहीं थी।

थोड़ी देर बाद, कुछ प्रकृतिस्थ होकर उन्होंने कहा, "अजीब औरत है!" फिर थोड़ी देर वह लोमड़ी को और बच्चों को देखते रहे। तब "उँह, मुझे क्या!" कहकर वह अनमने से मुड़े और जिधर से आए थे उधर ही चलने लगे।

(4)

हीली नंगे पैर ही आई थी; पर लौटती बार उसने शब्द न करने का कोई यत्न किया हो, ऐसा वह नहीं जानती थी। झुरमुट से बाहर निकलकर वह उन्माद की तेजी से घर की ओर दौड़ी और वहाँ पहुँचकर सीधी बाड़े में घुस गई। उसके तूफानी वेग से चौंककर बत्तखें पहले तो बिखर गईं पर जब वह एक कोने में जाकर बाड़े के सहारे टिककर खड़ी अपलक उन्हें देखने लगी

तब वे गरदनें लंबी करके उचकती हुई-सी उसके चारों ओर जुट गईं और 'क-क्! क-क्' करने लगीं।

वह अधैर्य हीली को छू न सका, जैसे चेतना के बाहर से फिसलकर गिर गया। हीली शून्य दृष्टि से बत्तखों की ओर ताकती रही।

एक ढीठ बत्तख ने गरदन से उसके हाथ को ठेला। हीली ने उसी शून्य दृष्टि से हाथ की ओर देखा। सहसा उसका हाथ कड़ा हो आया, उसकी मुट्ठी डाओ के हत्थे पर भिंच गयी। दूसरे हाथ से उसने बत्तख का गला पकड़ लिया और दीवार के पास खींचते हुए डाओ के एक झटके से काट डाला।

उसी अनदेखते अचूक निश्चय से उसने दूसरी बत्तख का गला पकड़ा, भिंचे हुए दाँतों से कहा : "अभागिन!" और उसका सिर उड़ा दिया। फिर तीसरी, फिर चौथी, पाँचवीं...ग्यारह बार डाओ उठी और 'खट्' के शब्द के साथ बाड़े का खंभा काँपा; फिर एक बार हीली ने चारों ओर नजर दौड़ायी और बाहर निकल गयी।

बरामदे में पहुँचकर जैसे उसने अपने को सँभालने को खंभे की ओर हाथ बढ़ाया और लड़खड़ाती हुई उसी के सहारे बैठ गई।

कैप्टन दयाल ने आकर देखा, खंभे के सहारे एक अचल मूर्ति बैठी है जिसके हाथ लथपथ हैं और पैरों के पास खून से रँगी डाओ पड़ी है। उन्होंने घबराकर कहा, "यह क्या, मिस यिर्वा?" और फिर उत्तर न पाकर उसकी आँखों का जड़ विस्तार लक्ष्य करते हुए उसके कंधे पर हाथ रखते हुए फिर, धीमे-से, "क्या हुआ, हीली–"

हीली कंधा झटककर, छिटककर परे हटती हुई खड़ी हो गई और तीखेपन से थर्राती हुई आवाज से बोली, "दूर रहो, हत्यारे!"

कैप्टन दयाल ने कुछ कहना चाहा, पर अवाक् ही रह गए, क्योंकि उन्होंने देखा, हीली की आँखों में वह निर्व्यास सूनापन घना हो आया है जो कि पर्वत का चिरंतन विजन सौंदर्य है।

मन्नू भंडारी

हिंदी कथा-साहित्य को समृद्धि प्रदान करने वाली महिला लेखिकाओं में मन्नू भंडारी का नाम सर्वोपरि है। उनका जन्म 1931 में भानपुरा मध्य प्रदेश में हुआ। प्रारंभिक शिक्षा अजमेर में संपन्न करने के पश्चात् इन्होंने 1949 में कलकत्ता से स्नातक की उपाधि प्राप्त की, बाद में बनारस विश्वविद्यालय से हिंदी में एम.ए. किया। कुछ समय कलकत्ता में पढ़ाने के बाद इन्होंने दिल्ली विश्वविद्यालय में अध्यापन किया।

साहित्य क्षेत्र में उनकी प्रतिष्ठा उनकी पहली बहुचर्चित कहानी 'मैं हार गई' (1957) से हुई। अब तक उनके पाँच उपन्यास और आठ कहानी संग्रह प्रकाशित हुए हैं। 'आपका बंटी', 'महाभोज', 'कलवा', 'स्वामी', 'एक इंच मुस्कान' (उपन्यास) तथा 'मैं हार गई', 'तीन निगाहों की एक तस्वीर', 'यही सच है', 'एक प्लेट सैलाब', 'मन्नू भंडारी की श्रेष्ठ कहानियाँ', 'त्रिशंकु तथा अन्य कहानियाँ', 'मन्नू भंडारी की प्रतिनिधि कहानियाँ' (कहानी संग्रह)। इसके अतिरिक्त 'बिना दीवारों के घर' शीर्षक से उनका नाटक भी प्रकाशित हुआ है।

मन्नू भंडारी की कहानियाँ जीवन की विषमताओं को कलात्मक अभिव्यक्ति प्रदान करती हैं। भारतीय समाज के मध्यवर्गीय परिवार और परिवेश की उन्हें गहरी समझ है जिसका प्रभाव उनकी कहानियों में झलकता है। अपनी अस्मिता (पहचान) के लिए संघर्ष करती नारी उनकी कहानियों के केंद्र में है। वह नारी जो अपनी स्वतंत्रता के लिए एक ओर रूढ़िग्रस्त समाज से लड़ रही है तो दूसरी ओर अपने भीतर के संस्कारों से भी जूझ

रही है। पुराने संस्कार और नवीन मुक्ति-चेतना के बीच उलझी नारी की मनःस्थिति का बारीक चित्रण उनकी कहानियों में उभरा है।

वे केवल नारी जीवन की समस्याओं को ही नहीं उठातीं बल्कि एक व्यक्ति के रूप में समाज और स्त्री के द्वंद्व का चित्रण करती हैं। स्त्री और पुरुष के बीच का आकर्षण और उनमें तनाव पैदा करने वाली अनेकानेक स्थितियाँ और उनसे उत्पन्न विसंगतियाँ उनकी कहानी की विषय वस्तु बनी हैं। साथ ही धर्म, समाज, परिवार, व्यक्तिगत कुंठाएँ, अकेलापन, व्यर्थताबोध जैसे आधुनिक मानव के सम्मुख उठने वाले प्रश्नों को भी उन्होंने उठाया है। वस्तुतः उनकी कहानियाँ सामाजिक परिवेश के कई पहलुओं का उद्घाटन करते हुए भी व्यक्ति की स्वतंत्रता पर बल देती हैं।

उनकी कहानियाँ विचार के स्तर पर पाठक को झकझोरती हैं। सहज सरल भाषा में अपनी बात कहते हुए वे पाठक को एक नई दृष्टि से सोचने के लिए विवश करती हैं।

अकेली

मन्नू भंडारी ने अपनी कहानी 'अकेली' की सोमा बुआ के विषय में स्वयं लिखा है–'अकेली' की सोमा बुआ को बचपन में जाने कब से देखा था कि किस प्रकार घर से उपेक्षा पाकर वह अपने आप को दूसरों के लिए महत्त्वपूर्ण बनाने के भ्रम में हास्यास्पद बनती जा रही थी। (मेरी प्रिय कहानियाँ) यही इस कहानी को समझने का मूल मंत्र है। सोमा बुआ बूढ़ी, अकेली और परित्यक्ता हैं। लेखिका ने उनके चरित्र को समझने के लिए कहानी का प्रारंभ सोमा बुआ के लिए उक्त विशेषणों के साथ किया है। सोमा बुआ अपना एकमात्र जवान बेटा खो चुकी हैं और पति भी। बेटा मृत्यु का ग्रास हो गया था और पति पुत्र शोक में संन्यासी हो गए। सोमा बुआ अकेली रह गई हैं। जीवन में कोई सगा-संबंधी उनके जीवन के अकेलेपन को दूर नहीं कर सकता।

ऊब, घुटन और एकरसता से भरे जीवन में उन्होंने अपने जीने की राह ढूँढ़ ली है। उन्होंने अपने परिवार का विस्तार कर लिया है। गाँव में किसी के भी घर कोई भी सुख-दुख क्यों न हो, सोमा बुआ स्वयं पहुँच जातीं। सारा काम अपने ऊपर ले लेतीं और अपनी नजरों में स्वयं महत्त्वपूर्ण हो जातीं। सोमा बुआ के निरुद्देश्य जीवन को जैसे उद्देश्य मिल जाता हो। वह इसी तरह मग्न होकर अपना जीवन काट रही हैं।

यह कहानी जितनी सोमा बुआ के अकेलेपन की है। उतनी ही पति-पत्नी के बीच संबंधहीनता की भी। सोमा बुआ के पति ने संसार से संन्यास ले लिया और अपनी पत्नी के प्रति सभी जिम्मेदारियों से मुक्त हो गए। प्रेम और भावना के स्तर पर भी कोई रिश्ता शेष न बचा था। इसलिए जब वे साल में एक बार एक महीने के लिए घर आते तो वह समय बुआ के लिए प्रसन्नता का न होकर और भी कष्ट भरा हो जाता। वे उनके आने-जाने पर रोक लगा देते। उन्हें अपनी पत्नी का बिन बुलाए कहीं जाना अच्छा न लगता। सोमा बुआ के लिए उस पति का अंकुश और भी पीड़ादायक है जो कभी उनसे प्यार के दो मीठे बोल भी न बोलते। प्यार और संबंधों से रिक्त उस जीवन में सोमा बुआ को पूरी तीव्रता से यह अहसास होता है कि 'वे तो मरद वाली होकर भी बेमरद हैं।' वे अपने पति की तरह संसार से वीतरागी नहीं हैं। वे संबंधों में जीना चाहती हैं लेकिन अपने अभावों के कारण ही वह समाज में अकेली और क्षुभित होने के लिए अभिशप्त हैं।

पुत्र की मृत्यु और पति का स्नेहहीन व्यवहार तो सोमा बुआ की व्यथा का कारण है ही, जिस समाज में बुआ रहती हैं वह भी आधुनिक होने के साथ-साथ बुजुर्गों के प्रति संवेदनशील नहीं रहा है। किसी के घर मुंडन, जनेऊ, शादी-ब्याह की खुशी या कोई भी गमी हो सोमा बुआ बिन बुलाए ही पहुँच जाती हैं क्योंकि वे सोचती हैं कि "घरवालों को कैसा बुलाना?" लेकिन वास्तव

में वह ऐसा केवल इसलिए कहती हैं कि वे इसे अपने मान-सम्मान से जोड़कर नहीं देखना चाहतीं। अगर वह मान करतीं या बुलावे का इंतजार तो संभवतः उन्हें बुलाने वाले बहुत कम ही होते। तेजी से बदलते इस समाज में एक अकेली-बूढ़ी औरत का कोई विशेष मूल्य नहीं है। फिर भी सोमा बुआ सब जगह पहुँच जातीं और छाती फाड़कर काम करतीं। वह यह सब अपने अकेलेपन से मुक्ति के लिए करती हैं। यह सब उनके जीने का सहारा है। प्रतिकूल परिस्थितियों में जीवन का सामना करने का आधार। सोमा बुआ अपनी दीनता में भी उसका मोह नहीं छोड़ पातीं।

कहानी का सबसे दारुण दृश्य वह है जब बुआ दूर के किसी रिश्तेदार की शादी में जाने की तैयारी करते हुए निमंत्रण का इंतजार कर रही हैं। शगुन देने के लिए उन्हें अपने पुत्र की आखिरी निशानी उसकी अंगूठी तक बेचनी पड़ती है। फिर भी बुआ उस मधुर कल्पना में रमी हैं जब वे सबके बीच उपहार देंगी और सब उनकी खूब प्रशंसा करेंगे। बुआ को पूरा विश्वास है कि बुलावा आएगा लेकिन दोपहर से साँझ हो जाती है। मुहूर्त्त निकल जाता है और कोई उन्हें बुलाने नहीं आता। बुआ सब चीजें वापस रख बुझे मन से अंगीठी जलाती हैं। जीवन की रंगीनी और आपाधापी में सब इतने व्यस्त हैं कि छत पर खड़ी सोमा बुआ का किसी को ख्याल नहीं आता। लुप्त होती सामाजिकता के बीच बुआ का निराशा भरा अकेलापन उन्हें व्यर्थ ही नहीं कर रहा कहीं भीतर तोड़ भी रहा है।

मन्नू भंडारी ने स्त्री जीवन की अनेक विडंबनाओं के चित्र प्रस्तुत किए हैं। संबंधों के तनावों को अलग-अलग रूप में उभारा है। इस दृष्टि से यह कहानी मानवीय संवेदना की त्रासदी का करुण चित्र है।

मन्नू भंडारी का अपने पात्रों से एक आत्मीय रिश्ता है। यह रिश्ता यों तो रचनाकार और रचना के बीच सदा ही रहता है। परंतु मन्नू जी के यहाँ उसे कहानी की भाषा में महसूस किया

जा सकता है। सीधी-सरल और खरी भाषा जो सीधे पाठक के मन को छू लेती है। लेखिका में संवेदना का आवेग इतना तीव्र है कि शब्द स्वयं फूट पड़ते हैं। कहानी में विवरण बहुत कम हैं। कहानी का अधिकांश हिस्सा संवादों के माध्यम से ही विकसित होता है। संवाद भी ऐसे जिनमें स्थितियों की सूचना के साथ-साथ बुआ का अंतर्द्वंद्व और मनःस्थिति भी साकार हो जाती है। मन्नू भंडारी साधारण स्थितियों और सामान्य पात्रों के बीच जीवन के असाधारण सत्यों को उजागर करती हैं। यह कहानी इस दृष्टि से अविस्मरणीय कहानी है। सोमा बुआ का कारुणिक चेहरा शब्दों के बाहर भी पाठक की चेतना में बस जाता है।

अकेली

□ मन्नू भंडारी

सोमा बुआ बुढ़िया हैं।

सोमा बुआ परित्यक्ता हैं।

सोमा बुआ अकेली हैं।

सोमा बुआ का जवान बेटा क्या जाता रहा, उनकी अपनी जवानी चली गई। पति को पुत्र-वियोग का ऐसा सदमा लगा कि वे पत्नी, घर-बार तजकर तीरथ-वासी हुए और परिवार में कोई ऐसा सदस्य था नहीं जो उनके एकाकीपन को दूर करता। पिछले बीस वर्षों से उनके जीवन की इस एकरसता में किसी प्रकार का कोई व्यवधान उपस्थित नहीं हुआ, कोई परिवर्तन नहीं आया। यों हर साल एक महीने के लिए उनके पति उनके पास आकर रहते थे, पर कभी उन्होंने पति की प्रतीक्षा नहीं की, उनकी राह में आँखें नहीं बिछाईं। जब तक पति रहते उनका मन और भी मुरझाया हुआ रहता क्योंकि पति के स्नेहहीन व्यवहार का अंकुश उनके रोजमर्रा के जीवन की अबाध गति से बहती स्वच्छंद धारा को कुंठित कर देता। उस समय उनका घूमना-फिरना, मिलना-जुलना बंद हो जाता, और संन्यासी जी महाराज से यह भी नहीं होता कि दो मीठे बोल बोलकर सोमा बुआ को एक ऐसा संबल ही पकड़ा दें, जिसका आसरा लेकर वह उनके वियोग के ग्यारह महीने काट दें। इस स्थिति में बुआ को अपनी जिंदगी पास-पड़ोस वालों के भरोसे ही काटनी पड़ती थी। किसी के घर मुंडन हो, छठी हो, जनेऊ हो, शादी हो या गमी, बुआ पहुँच जातीं और फिर छाती फाड़कर

काम करतीं, मानो वे दूसरों के घर में नहीं अपने ही घर में काम कर रही हों।

आजकल सोमा बुआ के पति आए हुए हैं, और अभी-अभी कुछ कहा-सुनी होकर चुकी है। बुआ आँगन में बैठी धूप खा रही हैं, पास रखी कटोरी से तेल लेकर हाथ में मल रही हैं, और बड़बड़ा रही हैं। इस एक महीने में अन्य अवयवों के शिथिल हो जाने के कारण उनकी जीभ ही सबसे अधिक सजीव और सक्रिय हो उठी है। तभी हाथ में एक फटी साड़ी और पापड़ लेकर ऊपर से राधा भाभी उतरीं।

"क्या हो गया बुआ, क्यों बड़बड़ा रही हो ? फिर संन्यासी जी महाराज ने कुछ कह दिया क्या ?"

"अरे मैं कहीं चली जाऊँ सो ही इन्हें नहीं सुहाता। कल चौक वाले किशोरी लाल के बेटे का मुंडन था। सारी बिरादरी का न्यौता था। मैं तो जानती थी कि यह पैसे का गरूर है कि मुंडन पर भी सारी बिरादरी को न्यौता है, पर काम उन नई नवेली बहुओं से सँभलेगा नहीं, सो जल्दी ही चली गई। हुआ भी वही", और सरककर बुआ ने राधा के हाथ से पापड़ लेकर सुखाने शुरू कर दिए। "एक काम गत से नहीं हो रहा था। अब घर में कोई बड़ा-बूढ़ा हो तो बतावे, या कभी किया हो तो जाने। गीतवाली औरतें मुंडन पर बन्ना-बन्नी गा रही थीं, मेरा तो हँसते-हँसते पेट फूल गया।" और उसकी याद से ही कुछ देर पहले का दुख और आक्रोश धुल गया। अपने सहज स्वाभाविक रूप में वे कहने लगीं—"भट्ठी पर देखो तो अजब तमाशा—समोसे कच्चे ही उतार दिए और इतने बना दिए कि दो बार खिला दो, और गुलाब-जामन इतने कम कि एक पंगत में भी पूरे न पड़ें। उसी समय मैदा सानकर नए गुलाब-जामन बनाए। दोनों बहुएँ और किशोरीलाल तो बिचारे इतना जस मान रहे थे कि क्या बताऊँ ? कहने लगे—"अम्मा ! तुम न होतीं तो आज भद्द उड़ जाती। अम्मा ! तुमने लाज रखी ली।" मैंने तो कह दिया कि अरे अपने ही काम नहीं आवेंगे तो कोई बाहर से तो आवेगा नहीं। ये तो आजकल इनका रोटी-पानी का काम रहता है, नहीं तो सवेरे से ही चली जाती।"

"तो संन्यासी महाराज क्यों बिगड़ पड़े ? उन्हें तुम्हारा आना-जाना

अच्छा नहीं लगता बुआ।''

''यों तो मैं कहीं आऊँ-जाऊँ सो ही इन्हें नहीं सुहाता, और फिर कल किशोरी के यहाँ से बुलावा नहीं आया। अरे, मैं तो कहूँ कि घर वालों का कैसा बुलावा ? वे लोग तो मुझे अपनी माँ से कम नहीं समझते, नहीं तो कौन भला यों भट्ठी और भंडार-घर सौंप दे ? पर उन्हें अब कौन समझावे। कहने लगे, तू जबरदस्ती दूसरों के घर में टाँग अड़ाती फिरती है।'' और एकाएक उन्हें उस क्रोध-भरी वाणी और कटु वचनों का स्मरण हो आया जिनकी बौछार कुछ देर पहले ही उन पर होकर चुकी थी। याद आते ही फिर उनके आँसू बह चले।

''अरे रोती क्यों हो बुआ। कहना-सुनना तो चलता ही रहता है। संन्यासी जी महाराज एक महीने को तो आकर रहते हैं, सुन लिया करो, और क्या ?''

''सुनने को तो सुनती ही हूँ, पर मन तो दुखता ही है कि एक महीने को आते हैं तो भी कभी मीठे बोल नहीं बोलते। मेरा आना-जाना इन्हें सुहाता नहीं, सो तू ही बता राधा, ये तो साल में ग्यारह महीने हरिद्वार में रहते हैं। इन्हें तो नाते-रिश्तेवालों से कुछ लेना-देना नहीं, पर मुझे तो सबसे निभाना पड़ता है। मैं भी सबसे तोड़-ताड़कर बैठ जाऊँ तो कैसे चले। मैं तो इनसे कहती हूँ कि जब पल्ला पकड़ा है तो अंत समय में भी साथ ही रखो, सो तो इनसे होता नहीं। सारा धरम-करम ये ही लूटेंगे, सारा जस ये ही बटोरेंगे और मैं अकेली पड़ी-पड़ी यहाँ इनके नाम को रोया करूँ। उस पर से कहीं आऊँ-जाऊँ वह भी इनसे बर्दाश्त नहीं होता...'' और बुआ फूट-फूट कर रो पड़ीं। राधा ने आश्वासन देते हुए कहा, ''रोओ नहीं बुआ। अरे वे तो इसलिए नाराज हुए कि बिना बुलाए तुम चली गईं।''

''बेचारे इतने हंगामे में बुलाना भूल गए तो मैं भी मान करके बैठ जाती ? फिर घरवालों का कैसा बुलाना ? मैं तो अपनेपन की बात जानती हूँ। कोई प्रेम नहीं रखे तो दस बुलावे पर नहीं जाऊँ और प्रेम रखे तो बिना बुलाये भी सिर के बल जाऊँ। मेरा अपना हरखू होता और उसके घर काम होता तो क्या मैं बुलावे के भरोसे बैठी रहती ? मेरे लिए जैसा हरखू वैसा किशोरीलाल ! आज हरखू नहीं है इसी से दूसरे को देख-देखकर

मन भरमाती रहती हूँ।'' और वे हिचकियाँ लेने लगीं।

सूखे पापड़ों को बटोरते-बटोरते स्वर को भरसक कोमल बनाकर राधा ने कहा, ''तुम भी बुआ बात को कहाँ से कहाँ ले गईं ? लो अब चुप होओ, पापड़ भूनकर लाती हूँ, खाकर बताना कैसा है ?'' और वह साड़ी को समेटकर ऊपर चढ़ गई।

कोई सप्ताह-भर बाद बुआ बड़े प्रसन्न मन से आईं, और संन्यासी जी से बोलीं, ''सुनते हो, देवरजी के ससुराल वालों की किसी लड़की का संबंध भागीरथ जी के यहाँ हुआ है। वे सब लोग यहीं आकर ब्याह कर रहे हैं। देवरजी के बाद तो उन लोगों से कोई संबंध ही नहीं रहा, फिर भी हैं तो समधी ही। वे तो तुमको भी बुलाए बिना नहीं मानेंगे। समधी को आखिर कैसे छोड़ सकते हैं ?'' और बुआ पुलकित होकर हँस पड़ीं। संन्यासी जी की मौन उपेक्षा से उनके मन को ठेस तो पहुँची, फिर भी वे प्रसन्न थीं। इधर-उधर जाकर वे विवाह की प्रगति की खबरें लातीं ! आखिर एक दिन वे यह भी सुन आईं कि उनके समधी यहाँ आ गए हैं। जोर-शोर से तैयारियाँ हो रही हैं। सारी बिरादरी को दावत दी जाएगी—खूब रौनक होने वाली है। दोनों ही पैसे वाले ठहरे।

''क्या जानें हमारे घर को बुलावा आएगा या नहीं ? देवरजी को मरे पच्चीस साल हो गए, उसके बाद से तो कोई संबंध ही नहीं रहा। रखे भी कौन ? यह काम तो मरदों का होता है, मैं तो मरदवाली होकर भी बेमरद की हूँ।'' और एक ठंडी साँस उनके दिल से निकल गई।

''अरे वाह बुआ। तुम्हारा नाम कैसे नहीं हो सकता। तुम तो समधिन ठहरीं। संबंध न रहे तो कोई रिश्ता थोड़े ही टूट जाता है।'' दाल पीसती हुई घर की बड़ी बहू बोली।

''है, बुआ नाम है। मैं तो सारी लिस्ट देखकर आई हूँ।'' विधवा ननद बोली। बैठे ही बैठे एक कदम आगे सरककर बुआ ने बड़े उत्साह से पूछा, ''तू अपनी आँखों से देखकर आई है नाम ? नाम तो होना ही चाहिए। पर मैंने सोचा कि क्या जाने आजकल के फैशन में पुराने संबंधियों को बुलाना हो, न हो।'' और बुआ बिना दो पल भी रुके वहाँ से चल पड़ीं। अपने घर जाकर सीधे राधा भाभी के कमरे में चढ़ीं, ''क्यों री राधा,

तू तो जानती है कि नई फैशन में लड़की की शादी में क्या दिया जावे है ? समधियों का मामला ठहरा, सो भी पैसे वाले। खाली हाथ जाऊँगी तो अच्छा नहीं लगेगा। मैं तो पुराने जमाने की ठहरी, तू ही बता दे, क्या दूँ ? अब कुछ बनाने का समय तो रहा नहीं, दो दिन बाकी हैं, सो कुछ बना-बनाया ही खरीद लाना।''

''क्या देना चाहती हो अम्मा, जेवर, कपड़ा या शृंगारदान या कोई और चाँदी की चीजें ?''

''मैं तो कुछ भी नहीं समझूँ री। जो कुछ पास है तुझे लाकर दे देती हूँ, जो तू ठीक समझे ले आना, बस भद्द नहीं उड़नी चाहिए। अच्छा देखूँ पहले कि रुपए कितने हैं ?'' और वे डगमगाते कदमों से नीचे आईं। दो-तीन कपड़ों की गठरियाँ हटाकर एक छोटा-सा बक्स निकाला। उसका ताला खोला। इधर-उधर करके एक छोटी-सी डिबिया निकाली। बड़े जतन से उसे खोला—उसमें सात रुपए और कुछ रेजगारी पड़ी थी, और एक अँगूठी। बुआ का अनुमान था कि रुपए कुछ ज्यादा होंगे, पर जब सात रुपए ही निकले तो सोच में पड़ गईं। रईस समधियों के घर में इतने से रुपये से तो बिंदी भी नहीं लगेगी। उनकी नजर अँगूठी पर गई। यह उनके मृत पुत्र की एक मात्र निशानी उनके पास रह गई थी। बड़े-बड़े आर्थिक संकटों के समय भी वे उस अँगूठी का मोह नहीं छोड़ सकी थीं। आज भी एक बार उसे उठाते समय उनका दिल धड़क गया, फिर भी उन्होंने पाँच रुपए और वह अँगूठी आँचल से बाँध ली। बक्स को बंद किया और फिर ऊपर को चलीं, पर इस बार उनके मन का उत्साह कुछ ठंडा पड़ गया था, और पैरों की गति शिथिल ! राधा के पास जाकर बोलीं, ''रुपए तो नहीं निकले बहू। आएँ भी कहाँ से, मेरे कौन कमाने वाला बैठा है ? उस कोठरी का किराया आता है, उसमें तो दो समय की रोटी निकल जाती है जैसे-तैसे।'' और वे रो पड़ीं। राधा ने कहा, ''क्या करूँ बुआ, आजकल मेरा भी हाथ तंग है, नहीं तो मैं ही दे देती। अरे, पर तुम देने के चक्कर में पड़ती ही क्यों हो ? आजकल तो लेने-देने का रिवाज ही उठ गया है।''

''नहीं रे राधा ! समधियों का मामला ठहरा ! पच्चीस बरस हो गए तो भी वे नहीं भूले, और मैं खाली हाथ जाऊँ ? नहीं-नहीं, इससे तो न

जाऊँ सो ही अच्छा !''

''तो जाओ ही मत। चलो छुट्टी हुई, इतने लोगों में किसे पता लगेगा कि आईं या नहीं।'' राधा ने सारी समस्या का सीधा-सा हल बताते हुए कहा।

''बड़ा बुरा मानेंगे। सारे शहर के लोग जावेंगे, और मैं समधिन होकर नहीं जाऊँगी तो यही समझेंगे कि देवरजी मरे तो संबंध भी तोड़ लिया। नहीं-नहीं, तू यह अँगूठी बेच ही दे।'' और उन्होंने आँचल की गाँठ खोलकर एक पुराने जमाने की अँगूठी राधा के हाथ पर रख दी। फिर बड़ी मिन्नत के स्वर में बोलीं, ''तू तो बाजार जाती है राधा, इसे बेच देना और जो कुछ ठीक समझे खरीद लेना। बस, शोभा रह जाए इतना खयाल रखना।''

गली में बुआ ने चूड़ीवाले की आवाज सुनी तो एकाएक ही उनकी नजर अपने हाथ की भद्दी मटमैली चूड़ियों पर जाकर टिक गई। कल समधियों के यहाँ जाना है, जेवर नहीं हैं तो कम से कम काँच की चूड़ी तो अच्छी पहन लें। पर एक अव्यक्त लाज ने उनके कदमों को रोक दिया, कोई देख लेगा तो। लेकिन दूसरे क्षण ही अपनी इस कमजोरी पर विजय पाती-सी वे पीछे के दरवाजे पर पहुँच गईं और एक रुपया कलदार खर्च करके लाल-हरी चूड़ियों के बंद पहन लिए। पर सारे दिन हाथों को साड़ी के आँचल से ढके-ढके फिरीं।

शाम को राधा भाभी ने बुआ को चाँदी की एक सिंदूरदानी, एक साड़ी और एक ब्लाउज का कपड़ा लाकर दे दिया। सब कुछ देख पाकर बुआ बड़ी प्रसन्न हुईं, और यह सोच-सोच कर कि जब वे ये सब देंगी तो उनकी समधिन पुरानी बातों की दुहाई दे-देकर उनकी मिलनसारिता की कितनी प्रशंसा करेगी, उनका मन पुलकित होने लगा। अँगूठी बेचने का गम भी जाता रहा। पास वाले बनिए के यहाँ से एक आने का पीला रंग लाकर रात में उन्होंने साड़ी रंगी। शादी में सफेद साड़ी पहनकर जाना क्या अच्छा लगेगा ? रात में सोईं तो उनका मन कल की ओर दौड़ रहा था।

दूसरे दिन नौ बजते-बजते खाने का काम समाप्त कर डाला। अपनी रंगी हुई साड़ी देखी तो कुछ जँची नहीं। फिर ऊपर राधा के पास पहुँचीं,

"क्यों राधा, तू तो रंगी साड़ी पहनती है तो बड़ी आब रहती है, चमक रहती है, इसमें तो चमक आई नहीं ?"

"तुमने कलफ जो नहीं लगाया अम्मा, थोड़ा-सा माँड़ दे देतीं तो अच्छा रहता। अभी दे लो, ठीक हो जाएगी। बुलावा कब का है ?"

"अरे नए फैशनवालों की मत पूछो, ऐन मौकों पर बुलावा आता है। पाँच बजे का मुहूरत है, दिन में कभी भी आ जावेगा।"

राधा भाभी मन ही मन मुस्करा उठी।

बुआ ने साड़ी में माँड़ लगाकर सुखा दिया। फिर एक नई थाली निकाली, अपनी जवानी के दिनों में बुना हुआ क्रोशिए का एक छोटा-सा मेजपोश निकाला। थाली में साड़ी, सिंदूरदानी, एक नारियल और थोड़े-से बताशे सजाए, फिर जाकर राधा को दिखाया। संन्यासी महाराज सवेरे से इस आयोजन को देख रहे थे, और उन्होंने कल से लेकर आज तक कोई पच्चीस बार चेतावनी दे दी थी कि यदि कोई बुलाने न आए तो चली मत जाना, नहीं तो ठीक नहीं होगा। हर बार बुआ ने बड़े ही विश्वास के साथ कहा, "मुझे क्या बावली ही समझ रखा है जो बिना बुलाए चली जाऊँगी ? अरे वह पड़ोस वालों की नंदा अपनी आँखों से बुलावे की लिस्ट में नाम देखकर आई है। और बुलावेंगे क्यों नहीं ? शहर वालों को बुलावेंगे और समधियों को नहीं बुलावेंगे क्या ?"

तीन बजे के करीब बुआ को अनमने भाव से छत पर इधर-उधर घूमते देख राधा भाभी ने आवाज लगाई, "गईं नहीं बुआ !"

एकाएक चौंकते हुए बुआ ने पूछा, "कितने बज गए राधा ?—क्या कहा तीन ? सर्दी में तो दिन का पता ही नहीं लगता है। बजे तीन ही हैं और धूप सारी छत पर से ऐसे सिमट गई मानो शाम हो गई हो !" फिर एकाएक जैसे खयाल आया कि यह तो भाभी के प्रश्न का उत्तर नहीं हुआ तो जरा ठंडे स्वर में बोलीं, "मुहूरत तो पाँच बजे का है, जाऊँगी तो चार तक जाऊँगी, अभी तो तीन ही बजे हैं।" बड़ी सावधानी से उन्होंने स्वर में लापरवाही का पुट दिया। बुआ छत पर से गली में नजर फैलाए खड़ी थीं, उनके पीछे ही रस्सी पर धोती फैली हुई थी, जिसमें कलफ लगा था, और अभ्रक छिड़का हुआ था। अभ्रक के बिखरे हुए कण रह-रहकर

धूप में चमक जाते थे, ठीक वैसे ही जैसे किसी को भी गली में घुसता देख बुआ का चेहरा चमक उठता था।

सात बजे के धुँधलके में राधा ने ऊपर से देखा तो छत की दीवार से सटी, गली की ओर मुँह किए एक छाया-मूर्ति दिखाई दी। उसका मन भर आया। बिना कुछ पूछे इतना ही कहा, ''बुआ ! सर्दी में खड़ी-खड़ी यहाँ क्या कर रही हो ? आज खाना नहीं बनेगा क्या, सात तो बज गए ?''

जैसे एकाएक नींद में से जागते हुए बुआ ने पूछा, ''क्या कहा, सात बज गए ?'' फिर जैसे अपने से ही बोलते हुए पूछा, ''पर सात कैसे बज सकते हैं, मुहूरत तो पाँच बजे का था।'' और फिर एकाएक ही सारी स्थिति को समझते हुए, स्वर को भरसक संयत बनाकर बोलीं, ''और खाने का क्या है, अभी बना लूँगी। दो जनों का तो खाना है, क्या खाना और क्या पकाना।''

फिर उन्होंने सूखी साड़ी को उतारा। नीचे जाकर अच्छी तरह उसकी तह की, धीरे-धीरे हाथों से चूड़ियाँ खोलीं, थाली में सजाया हुआ सारा सामान उठाया और सारी चीजें बड़े जतन से अपने एकमात्र संदूक में रख दीं।

और फिर बड़े ही बुझे हुए दिल से अँगीठी जलाने लगीं।

कमलेश्वर

नई कहानी के प्रमुख रचनाकारों में कमलेश्वर का नाम प्रमुख है। इनका जन्म 6 जनवरी, 1932 को मैनपुरी, उत्तर प्रदेश में हुआ। इन्होंने इलाहाबाद विश्वविद्यालय से हिंदी में एम.ए. की उपाधि प्राप्त की। सृजन के क्षेत्र में कमलेश्वर की प्रतिभा बहुआयामी है। वे एक सफल लेखक, उत्कृष्ट पत्रकार और सजग आलोचक रहे हैं। उनके 11 कहानी संग्रह, 10 उपन्यास और 20 से अधिक अन्य पुस्तकें प्रकाशित हो चुकी हैं।

पत्रकारिता के क्षेत्र में भी कमलेश्वर काफी लोकप्रिय और प्रतिष्ठित रहे हैं। उन्होंने 'नई कहानी', 'सारिका', 'गंगा', 'कथायात्रा', 'इंगित' जैसी महत्त्वपूर्ण पत्रिकाओं का संपादन किया। 'दैनिक जागरण' और 'दैनिक भास्कर' के भी प्रधान संपादक रहे। भारतीय दूरदर्शन के वे प्रथम पटकथा लेखक हैं। उन्होंने अनेक सफल फिल्मों तथा अनेक लोकप्रिय धारावाहिकों के लिए पटकथा लेखन किया।

कमलेश्वर के प्रमुख कहानी संग्रह हैं—'राजा निरबंसिया', 'कस्बे का आदमी', 'मांस का दरिया', 'इतने अच्छे दिन', 'जिंदा मुर्दे', 'बयान', 'खोई हुई दिशाएँ', 'चर्चित कहानियाँ', और 'मेरी प्रिय कहानियाँ' आदि। 'समुद्र में खोया हुआ आदमी', 'डाक बंगला', 'लुटे हुए मुसाफिर', 'एक सड़क सत्तावन गलियाँ', 'कितने पाकिस्तान' आदि उनके चर्चित उपन्यास हैं। इसके अतिरिक्त अनेक आलोचना ग्रंथ, डायरी और यात्रावृत्तांत तथा अनुवाद भी प्रकाशित हुए हैं।

कमलेश्वर ने हिंदी कहानी को रचनात्मक और वैचारिक दोनों स्तरों

पर एक नई दिशा प्रदान की। उन्होंने कहानी को व्यापक व गहन सामाजिक बोध से जोड़ा। सामाजिक सोद्देश्यता उनकी सबसे बड़ी विशेषता है। मध्य तथा निम्न मध्यवर्ग का जीवन उनकी कहानियों का मूल कथ्य है। ये कहानियाँ एक ओर परंपरागत समाज की नैतिक रूढ़ियों और जड़ताओं के प्रति विद्रोह जगाती हैं तो दूसरी ओर नए वैयक्तिक मूल्यों की स्थापना भी करती हैं। कमलेश्वर को कस्बे का कहानीकार भी कहा जाता है क्योंकि उनकी रचनाओं में उस जीवन की घुटन, पीड़ा और निराशा के बीच संघर्ष करता आम आदमी दिखाई पड़ता है। अपनी समस्त अच्छाइयों और कमजोरियों के साथ साधारण-सा जीवन जीने वाले ये पात्र उनकी संवेदनशील लेखनी का स्पर्श पाकर अद्वितीय बन गए हैं। ये सभी पात्र अपने युग के अंतर्विरोधों को उजागर करने में सक्षम हैं।

शिल्प के स्तर पर भी कमलेश्वर की कहानियों में विविधता दिखाई देती है। वे कथ्य के अनुरूप शिल्प का चुनाव करते हैं। नए-नए प्रयोग उनके रचना-शिल्प की विशेषता है। फैटेंसी, प्रतीक, बिंब, संकेतात्मकता आदि उपकरण उनकी कहानियों को अनेक स्तरों पर अर्थवत्ता प्रदान करते हैं।

गर्मियों के दिन

गर्मियों के दिन कमलेश्वर के लेखन के आरंभिक दौर की कहानी है। इस समय में उन्होंने कस्बाई जीवन पर बहुत-सी कहानियाँ लिखीं। इस कहानी में भी लेखक बहुत बारीकी से उन स्थितियों का विश्लेषण करता है जो बदलते समय में व्यक्ति की जीवन-शैली को बदल रही हैं। छोटे शहर का जीवन न तो बहुत तेज गति से चलता है और न ही बड़े शहरों में होने वाले परिवर्तनों से एकदम अछूता रहता है। यह कहानी इस सारी प्रक्रिया का बड़े मार्मिक ढंग से अहसास कराती है। कहानी की शुरुआत दुकानों-दफ्तरों पर नए साइनबोर्ड लगने से होती है और नई

चमक-दमक के बीच पुरानी जीवन-शैली कैसे दम तोड़ रही है उसका दारुण चित्र प्रस्तुत करती है। एक ओर तो अंग्रेजी की दवाएँ देने वाले कम्पौंडर भी डॉक्टर हो गए और दूसरी ओर वैद्य जी की विद्या को पूछने वाले इक्के-दुक्के लोग बचे हैं।

आज की उपभोक्तावादी संस्कृति में बाजार के आकर्षण को भली-भाँति समझा जा सकता है। आज जैसे बड़े-बड़े शहरों में शॉपिंग मॉल और सिनेमा की बत्तियाँ ग्राहकों को आकर्षित करती हैं उसी तरह उस छोटे शहर में 'साइनबोर्ड' लगाकर सब ग्राहक को अपनी ओर खींचना चाहते हैं। लेखक ने तर्क दिया है–'साइनबोर्ड लगाना यानी औकात का बढ़ाना'। साइनबोर्ड के ही बल पर हलवाई की बिक्री बढ़ गई और साइनबोर्ड के ही दम पर सुखदेव बाबू कम्पौंडर से डॉक्टर हो गए।

वैद्यजी कहानी के केंद्रीय पात्र हैं। सारी कहानी उनके विचारों और जीवन-शैली पर टिकी है जो इस तरह के बाजारीकरण से नाराज भी हैं और उसका हिस्सा भी। वह सुखदेव बाबू के इक्के-घोड़े वाले रोब-दाब से नाराज हैं। उन्हें लगता है यह मरीजों को लूटने का साधन है। वैद्यजी की दुकान पर गप्प लड़ाने वालों की भीड़ जमा रहती है और वैद्यजी स्वयं बतरस लेते हुए ऐसे लोगों की हँसी उड़ाते हैं कि थोड़े दिनों में उनका सईस भी कम्पौंडर हो जाएगा लेकिन साइनबोर्ड की महिमा से वे अनजान नहीं हैं। वे सबको समझाने के अंदाज में कहते हैं कि 'बगैर पोस्टर चिपकाए सिनेमावालों का भी काम नहीं चलता।' इसीलिए अपना मंदा पड़ता काम चलाने के लिए वे भी साइनबोर्ड रँगवा रहे हैं। अपने 'धन्वंतरि औषधालय' के बोर्ड के लिए वे किसी पेंटर को पाँच रुपए नहीं देते बल्कि दस-बारह आने खर्च कर कुछ खुद और कुछ अच्छी लिखाई वाले लड़के से करवा लेते हैं। नया दस्तूर और पुरानी चाल एक साथ निभ जाती है।

वैद्यजी का व्यवहार उनकी इच्छा से अधिक उनकी विवशता पर निर्भर है। चाहे वह कितना ही कहें कि आयुर्वेद वाले चेहरा

देखकर रोग बता देते हैं पर वास्तविकता यह है कि पूरी कहानी में उनकी दुकान पर जो लोग आते हैं उनमें कोई भी मरीज नहीं है। कोई गप्प लड़ाने बैठा है, कोई कनस्तर रखने आ रहा है तो कोई छुट्टी लेने के लिए मेडिकल सर्टिफिकेट बनवाने। वैद्यजी न चाहते हुए भी मिठास से बोलते हैं कि शायद कल इन्हीं में से कोई बीमार पड़ जाए या उसके घर में किसी को कोई रोग हो जाए तो वैद्यजी की जरूरत पड़ जाए यानी वे सब उनके संभावित उपभोक्ता हो सकते हैं।

वैद्यजी बदलते समय को पहचानते हैं लेकिन बेबस हैं। उनका गुजारा वैद्यक से ज़्यादा छोटे-छोटे कामों से चलता है जैसे कभी लेखपालों के रजिस्टरों की नकल बना देने से कभी किसी रोगी को तावीज़ बाँध देने से लेकिन दुकान की तो हालत यह है कि 'डाकदरी सरटीफिकेट' लेने आए खलासी से भी जब उन्होंने दो-चार रुपए माँगे तो वह उठकर चल दिया। वैद्यजी को लगा उन्होंने बात का सूत्र गलत जगह तोड़ दिया। इस पर भी उन्हें पूरा विश्वास था कि कोई डॉक्टर उसे पाँच रुपए से कम में सर्टिफिकेट नहीं देगा इसलिए वह अवश्य लौटेगा। वह पूरी दोपहर काम का बहाना बना तपती गर्मी में उसके आने का इंतजार करते हुए दुकान खोलकर बैठे रहते हैं। इस सबमें वैद्यजी का निरीहता भरा दैन्य झलकता है।

कहानी एक हल्के ढंग से प्रस्तुत की गई है। लेकिन उसमें भी जिंदगी के दाँव-पेंच, खट्टे-मीठे अनुभव दिखाई पड़ते हैं। कहानी का कथ्य किसी घटना-क्रम पर निर्भर नहीं है बल्कि उसमें वैद्यजी और आसपास के दुकानदारों के माध्यम से पूरा कस्बा झलकता है। कमलेश्वर ने मनोभावों की सूक्ष्म प्रस्तुति की है। वैद्यजी की बातों में अंग्रेजी दवा वालों से प्रतिस्पर्धा भरी ईर्ष्या बार-बार झलकती है। कभी वे कहते 'अंग्रेजी आले लगाकर मरीज की आधी जान पहले ही सुखा डालते हैं' और कभी अपनी महत्ता और प्रतिष्ठा सिद्ध करने को बताते कि 'अब जिनके पास रजिस्टरी

होगी वही वैद्यक कर सकता है।' कस्बे के जीवन में जहाँ एक ओर यह बैठकबाजी चलती रहती है वहीं दूसरी ओर सबके आपसी व्यवहार में कुछ अंतरंगता भी दिखती है। सभी आसपास के लोग वैद्यजी से आते-जाते पूछते हैं कि वे खाना खाने घर क्यों नहीं गए। बड़े शहरों की संबंधहीनता के विपरीत यह आत्मीय जीवन अधिक सहज और वांछनीय है।

कमलेश्वर की कहानियों में इस कस्बाई संस्कृति का प्रभाव उनके कथ्य और भाषा दोनों पर है। कहानी का पहला ही वाक्य है : 'चुंगी-दफ्तर खूब रंगा-चुंगा है।' यहाँ शब्द-चयन भाव के साथ-साथ परिवेश की क्षेत्रीयता को उभारने में समर्थ है। इसी तरह के कहानी में अनेक शब्द हैं जैसे—अक्किल, भटखुला, साइनबोट, लैसन्स आदि जिनके प्रयोग में लेखक की एक ही कसौटी रही है और वह है—प्रवाह। पूरी कहानी में भाषा का प्रवाह कहीं भी टूटता-बिखरता नहीं है। कहीं-कहीं मुहावरों के प्रयोग से भाषा की प्रभाव क्षमता बढ़ी ही है। जैसे—"ऐरे-गैरे पंचकल्यानी भाषा का गठन पात्रों की मानसिकता और कथ्य से अभिन्न रूप से जुड़ा है। जैसे—धन्वंतरि औषधालय का बोर्ड दुकान की गर्दन में तावीज़ की तरह लटक गया।" इस वाक्य में भाषा की चित्रात्मकता और व्यंजकता दोनों ही उभरे हैं। वैद्यजी और उनके आस-पास का जीवन अपने परिवेश की निरीहता और विशिष्टता के साथ गरमी भरे दिन का अंतःसूत्र पकड़े हुए कमलेश्वर की कहानी कला का स्पर्श पाकर सप्राण हो उठा है।

गर्मियों के दिन

□ कमलेश्वर

चुंगी-दफ्तर खूब रंगा-चुंगा है। उसके फाटक पर इंद्रधनुषी आकार के बोर्ड लगे हुए हैं। सैयदअली पेंटर ने बड़े सधे हाथ से उन बोर्डों को बनाया है। देखते-देखते शहर में बहुत-सी दुकानें हो गई हैं, जिन पर साइनबोर्ड लटक गये हैं। साइनबोर्ड लगाना यानी औकात का बढ़ाना। बहुत दिन पहले जब दीनानाथ हलवाई की दुकान पर पहला साइनबोर्ड लगा था, तो वहाँ दूध पीनेवालों की संख्या एकाएक बढ़ गई थी। फिर बाढ़ आ गई, और नए-नए तरीके और बेलबूटे ईजाद किए गए। 'ऊँ' या 'जयहिन्द' से शुरू करके 'एक बार अवश्य परीक्षा कीजिए' या 'मिलावट साबित करने वाले को सौ रुपए नकद इनाम' की मनुहारों या ललकारों पर लिखावट समाप्त होने लगी।

चुंगी-दफ्तर का नाम तीन भाषाओं में लिखा है। चेयरमैन साहब बड़े अक्किल के आदमी हैं, उनकी सूझ-बूझ का डंका बजता है, इसलिए हर साइनबोर्ड हिंदी, उर्दू और अंग्रेजी में लिखा जाता है। दूर-दूर के नेता लोग भाषण देने आते हैं, देश-विदेश के लोग आगरा का ताजमहल देखकर पूरब की ओर आते हुए यहाँ से गुजरते हैं...उन पर असर पड़ता है, भाई। और फिर मौसम की बात : मेले-तमाशे के दिनों में हलवाई, जुलाई-अगस्त में किताब-कागजवालों, सहालग में कपड़ेवालों और खराब मौसम में वैद्य हकीमों के साइनबोर्डों पर नया रोगन चढ़ता है। शुद्ध देशी घी वाले सबसे अच्छे, जो छप्परों के भीतर दीवार पर गेरू या हिरमिजी से लिखकर काम

चला लेते हैं। इसके बगैर काम नहीं चलता। अहमियत बताते हुए वैद्य जी ने कहा, "बगैर पोस्टर चिपकाए सिनेमावालों का भी काम नहीं चलता। बड़े-बड़े शहरों में जाइए, मिट्टी का तेल बेचनेवाले की दुकान पर साइनबोट मिल जाएगा। बड़ी जरूरी चीज है। बाल-बच्चों के नाम तक साइनबोट हैं, नहीं तो नाम रखने की जरूरत क्या है? साइनबोट लगाके सुखदेव बाबू कम्पौण्डर से डॉक्टर हो गए, बेग लेके चलने लगे।"

पास बैठे रामचरन ने एक और नए चमत्कार की खबर दी, "कल उन्होंने बुधईवाला इक्का-घोड़ा खरीद लिया..."

"हाँकेगा कौन?" टीन की कुर्सी पर प्राणायाम की मुद्रा में बैठे पंडित ने पूछा।

"ये सब जेब कतरने का तरीका है," वैद्यजी का ध्यान इक्के की तरफ अधिक था, "मरीज से किराया वसूल करेंगे। सईस को बख्शीश दिलाएँगे, बड़े शहरों के डॉक्टरों की तरह। इसी से पेशे की बदनामी होती है। पूछो, मरीज का इलाज करना है कि रोब-दाब दिखाना है। अंग्रेजी आले लगाकर मरीज की आधी जान पहले सुखा डालते हैं। आयुर्वेदी नब्ज देखना तो दूर, चेहरा देखके रोग बता दे। इक्का-घोड़ा इसमें क्या करेगा? थोड़े दिन बाद देखना, उनका सईस कम्पौण्डर हो जाएगा..." कहते-कहते वैद्यजी बड़ी घिसी हुई हँसी में हँस पड़े। फिर बोले, "कौन क्या कहे भाई! डॉक्टरी तो तमाशा बन गई है। वकील-मुख्तार के लड़के डॉक्टर होने लगे! खून और संस्कार से बात बनती है...हाथ में जस आता है। वैद्य का लड़का वैद्य होता है। आधी विद्या लड़कपन में जड़ी-बूटियाँ कूटते-पीसते आ जाती है। तोला, माशा, रत्ती का ऐसा अंदाज हो जाता है कि औषधि अशुद्ध हो ही नहीं सकती। औषधि का चमत्कार उसके बनाने की विधि में है... धन्वंतरि..." वैद्यजी आगे कहने जा ही रहे थे कि एक आदमी को दुकान की ओर आते देख चुप हो गए और बैठे हुए लोगों को और कुछ इस तरह देखने-सुनने लगे कि वे गप्प लड़ानेवाले फालतू आदमी न होकर उनके रोगी हों।

आदमी के दुकान पर चढ़ते ही वैद्यजी ने भाँप लिया। कुंठित होकर उन्होंने उसे देखा और उदासीन हो गए। लेकिन दुनिया-दिखावा भी कुछ

होता है! हो सकता है, कल यही आदमी बीमार पड़ जाए या इसके घर में किसी को रोग घेर ले! इसलिए अपना व्यवहार और पेशे की गरिमा चौकस रहनी चाहिए! अपने को बटोरते हुए उन्होंने कहा, "कहो भाई, राजी-ख़ुशी!" उस आदमी ने जवाब देते हुए सीरे की एक कनस्टरिया सामने कर दी, "यह ठाकुर साहब ने रखवाई है। मंडी से लौटते हुए लेते जाएँगे। एक-डेढ़ बजे के करीब।"

"उस वक्त दुकान बंद रहेगी," वैद्यजी ने व्यर्थ के काम से ऊबते हुए कहा, "हकीम-वैद्यों की दुकानें दिन-भर नहीं खुली रहतीं। व्यापारी थोड़े ही हैं। भाई!" पर फिर किसी अन्य दिन और अवसर की आशा ने जैसे जबरदस्ती कहलवाया, "खैर, उन्हें दिक्कत नहीं होगी, हम नहीं होंगे तो बगलवाली दुकान से उठा लें। मैं रखता जाऊँगा।"

आदमी के जाते ही वैद्यजी बोले, "शराब-बन्दी से क्या होता है? जब से हुई तब से कच्ची शराब की भट्ठियाँ घर-घर चालू हो गई। सीरा घी के भाव बिकने लगा। और इन डॉक्टरों को क्या कहिए...इनकी दुकानें हौली बन गई हैं। लैसन्स मिलता है दवा की तरह इस्तेमाल करने का, पर खुलेआम जिंजर बिकता है। कहीं कुछ नहीं होता । हम भंग-अफीम की एक पुड़िया चाहें तो तफसील देनी पड़ती है।"

"जिम्मेदारी की बात है," पंडितजी ने कहा।

"अब जिम्मेदार वैद्य ही रह गए हैं। सबकी रजिस्टरी हो चुकी, भाई! ऐरे-गैरे पचकल्यानी जितने घुस आए थे, उनकी सफाई हो गई। अब जिनके पास रजिस्टरी होगी वही वैद्यक कर सकता है। चूरनवाले वैद्य बन बैठे थे...सब खतम हो गए। लखनऊ में सरकारी जाँच-पड़ताल के बाद सही मिली है..."

वैद्यजी की बात में रस न लेते हुए पंडित उठ गए। वैद्यजी ने भीतर की तरफ कदम बढ़ाए और औषधालय का बोर्ड लिखते हुए चंदर से बोले, "सफेदा गाढ़ा है बाबू, तारपीन मिला लो।" और वे एक बोतल उठा लाए, जिस पर अशोकारिष्ट का लेबल था।

इसी तरह न जाने किन-किन औषधियों की शरीर-रूपी बोतलों में किस-किस पदार्थ की आत्मा भरी है। सामने की अकेली अलमारी में

बड़ी-बड़ी बोतलें रखी हैं, जिन पर तरह-तरह के अरिष्टों और आसवों के नाम चिपके हैं। सिर्फ पहली कतार में वे शीशियाँ खड़ी हैं...उनके पीछे जरूरत का और सामान है। सामने की मेज पर सफेद शीशियों की एक पंक्ति है, जिसमें कुछ स्वादिष्ट चूरन...लवणभास्कर आदि हैं, बाकी में जो कुछ भरा है उसे केवल वैद्यजी जानते हैं।

तार्पीन का तेल मिलाकर चंदर आगे लिखने लगा—'प्रो. कविराज नित्यानंद तिवारी', ऊपर की पंक्ति 'श्री धन्वंतरि औषधालय' स्वयं वैद्यजी लिख चुके थे। सफेदे के वे अच्छर ऐसे लग रहे थे जैसे रूई के फाहे चिपका दिए हों। ऊपर जगह खाली देखकर वैद्यजी बोले, "बाबू ऊपर जयहिंद लिख देना...और यह जो जगह बच रही है, इसमें एक ओर द्राक्षासव की बोतल, दूसरी ओर खरल की तसवीर...आर्ट हमारे पास मिडिल तक था लेकिन यह तो हाथ सधने की बात है।"

चंदर कुछ ऊब रहा था। खामख्वाह पकड़ गया। लिखावट अच्छी होने का यह पुरस्कार उसकी समझ में नहीं आ रहा था। बोला, "किसी पेंटर से बनवाते...अच्छा-खासा लिख देता, वो बात नहीं आएगी..." अपना पसीना पोंछते हुए उसने कूची नीचे रख दी।

"पाँच रुपए माँगता था बाबू...दो लाइनों के पाँच रुपए! अब अपनी मेहनत के साथ यह साइनबोट दस-बारह आने का पड़ा, ये रंग एक मरीज दे गया। बिजली कंपनी का पेंटर बदहजमी से परेशान था। दो खुराकें बनाकर दे दीं, पैसे नहीं लिए। सो वह दो-तीन रंग और थोड़ी-सी वार्निश दे गया। दो बक्से रंग गए...यह बोट बन गया और एकाध कुर्सी रंग जाएगी...तुम बस इतना लिख दो, लाल रंग का शेड हम देते रहेंगे...हाशिया तिरंगा खिलेगा?" वैद्यजी ने पूछा और स्वयं स्वीकृति भी दे दी।

चंदर गर्मी से परेशान था। जैसे-जैसे दोपहरी नजदीक आती जा रही थी, सड़क पर धूल और लू का जोर बढ़ता जा रहा था, मुलाहिजे में चंदन मना नहीं कर पाया। पंखे से अपनी पीठ खुजलाते हुए वैद्यजी ने उजरत के कामवाले पटवारियों के बड़े-बड़े रजिस्टर निकालकर फैलाने शुरू किए।

सूरज की तपिश से बचने के लिए दुकान का एक किवाड़ भेड़कर वैद्यजी खाली रजिस्टरों पर खसरा-खतौनियों से नकल करने लगे। चंदर

ने अपना पिंड छुड़ाने के लिए पूछा, "ये सब क्या है वैद्यजी?"

वैद्यजी का चेहरा उतर गया, बोले, "खाली बैठने से अच्छा है कुछ काम किया जाए, नए लेखपालों को काम-धाम आता नहीं, रोज कानूनगो या नायब साहब से झाड़ें पड़ती हैं...झक मार के उन लोगों को यह काम उजरत पर कराना पड़ता है। अब पुराने घाघ पटवारी कहाँ रहे जिनके पेट में गँवई कानून बसता था। रोटियाँ छिन गईं बेचारों की; लेकिन सही पूछो तो अब भी सारा काम पुराने पटवारी ही ढो रहे हैं। नये लेखपालों की तनख्वाह का सारा रुपया इसी उजरत में निकल जाता है। पेट उनका भी है...तियाँ-पाँचा करके किसानों से निकाल लाते हैं। लाएँ न तो खाएँ क्या? दो-तीन लेखपाल अपने हैं, उन्हीं से कभी-कभार हलका-भारी काम मिल जाता है। नकल का काम, रजिस्टर भरने हैं।"

बाहर सड़क वीरान होती जा रही थी। दफ्तर के बाबू लोग जा चुके थे। सामने चुंगी में खस की टट्टियों पर छिड़काव शुरू हो गया। दूर हरहराते पीपल का शोर लू के साथ आ रहा था। तभी एक आदमी ने किवाड़ से भीतर झाँका। वैद्यजी की बात, शायद जो क्षण-दो क्षण बाद दर्द से बोझिल हो जाती, होती गई। उनकी निकाह ने आदमी पहचाना और वे सतर्क हो गए। फौरन बोले, "एक बोट आगरा से बनवाया है, जब तक नहीं आता, इसी से काम चलेगा; फुर्सत कहाँ मिलती है, जो इस सबमें सर खपाएँ..." और एकदम व्यस्त होते हुए उन्होंने उस आदमी से प्रश्न किया, "कहो भई, क्या बात है?"

"डाकदरी सरटीफिकेट चाहिए...कोसमा टेशन पर खलासी हैंगे साब।" रेलवे की नीली वर्दी पहने वह खलासी बोला।

उसकी जरूरत का पूरा अंदाज करते हुए वैद्यजी बोले, "हाँ, किस तारीख से कब तक का चाहिए?"

"पंद्रह दिन पहले आए थे साब, सात दिन को और चाहिए।"

कुछ हिसाब जोड़कर वैद्यजी बोले, "देखो भाई, सर्टीफिकेट पक्का करके देंगे, सरकार का रजिस्टर नंबर देंगे, रुपैया चार लगेंगे।" वैद्यजी ने जैसे खुद चार रुपए पर उसके भड़क जाने का अहसास करते हुए कहा, "अगर पिछला न लो तो दो रुपए में काम चल जाएगा..."

खलासी निराश हो गया। लेकिन उसकी निराशा से अधिक गहन हताशा वैद्यजी के पसीने से नम मुख पर व्याप गई। बड़े निरपेक्ष भाव से खलासी बोला, "सोबरन सिंह ने आपके पास भेजा था।" उसके कहने से कुछ ऐसा लगा जैसे यह उसका काम न होकर सोबरनसिंह का काम हो। पर वैद्यजी के हाथ नब्ज आ गई, बोले, "वो हम पहले ही समझ रहे थे बगैर जान-पहचान के हम देते भी नहीं, इज़्जत का सवाल है। हमें क्या मालूम तुम कहाँ रहे, क्या करते हो? अब सोचने की बात है...विश्वास पर जोखिम उठा लेंगे...पंद्रह दिन पहले से तुम्हारा नाम रजिस्टर में चढ़ाएँगे, रोग लिखेंगे...हर तारीख पर नाम चढ़ाएँगे, तब कहीं काम बनेगा! ऐसे घर की खेती नहीं है..." कहते-कहते उन्होंने चंदर की ओर मदद के लिए ताका। चंदर ने साथ दिया, "अब इन्हें क्या पता कि तुम बीमार रहे कि डाका डालते रहे...सरकारी मामला है..."

"पाँच से कम में दुनिया-छोर का डॉक्टर नहीं दे सकता..." कहते-कहते वैद्यजी ने सामने रखा लेखपालवाला रजिस्टर खिसकाते हुए जोश में कहा, "अरे, दम मारने की फुर्सत नहीं है। ये देखो, देखते हो नाम...! मरीजों को छोड़कर सरकार को दिखाने के लिए यह तफसीलवार रजिस्टर बनाने पड़ते हैं। एक-एक रोगी का नाम, मर्ज, आमदनी...इन्हीं में तुम्हारा नाम चढ़ाना पड़ेगा! अब बताओ कि मरीजों को देखना ज़्यादा जरूरी है कि दो-चार रुपए के लिए सर्टीफिकेट देकर इस सरकारी पचड़े में फँसना।" कहते हुए उन्होंने तफसीलवाला रजिस्टर एकदम बंद करके सामने से हटा दिया और केवल उपकार कर सकने के लिए तैयार होने जैसी मुद्रा बनाकर कलम से कान कुरेदने लगे।

रेलवे का खलासी एक मिनट तक बैठा कुछ सोचता रहा और वैद्यजी को सर झुकाये अपने काम में मशगूल देख, दुकान से नीचे उतर गया। एकदम वैद्यजी ने अपनी गलती महसूस की, लगा कि उन्होंने बात गलत जगह तोड़ दी और ऐसी तोड़ी कि टूट गई। और कुछ एकाएक समझ में न आया तो उसे पुकारकर बोले, "अरे सुनो, ठाकुर सोबरनसिंह से हमारी जैरामजी की कह देना...उनके बाल-बच्चे तो राजी-खुशी हैं?"

"सब ठीक-ठाक है।" रुककर खलासी ने कहा।

उसे सुनाते हुए वैद्यजी चंदर से बोले, "दस गाँव शहर छोड़के ठाकुर सोबरनसिंह इलाज के लिए यहीं आते हैं। भई, उनके लिए हम भी हमेशा हाजिर रहे... ।"

चंदर ने बोर्ड पर आखिरी अक्षर समाप्त करते हुए पूछा, "चला गया?"

"लौट-फिरके आएगा..." वैद्यजी ने जैसे अपने को समझाया, पर उसके वापस आने की अनिवार्यता पर विश्वास करते हुए बोले, "गँवई गाँव के वैद्य और वकील एक ही होते हैं। सोबरनसिंह ने अगर हमारा नाम उसे बताया है तो जरूर वापस आएगा...गाँववालों की मुर्री जरा मुश्किल से खुलती है। कहीं बैठ के सोचे-समझेगा, तब आएगा..."

"और कहीं से ले लिया तो?" चंदर ने कहा तो वैद्यजी ने बात काट दी, "नहीं, नहीं बाबू।" कहते हुए उन्होंने बोर्ड की ओर देखा और प्रशंसा से भरकर बोले, "वाह भाई चंदर बाबू! साइनबोट जँच गया...काम चलेगा। ये पाँच रुपए पेंटर को देकर मरीजों से वसूल करना पड़ता। इक्का, घोड़ा और ये खर्चा! बात एक है। चाहे नाक सामने से पकड़ लो, चाहे घुमाकर। सैयदअली के हाथ का लिखा बोट रोगियों को चंगा तो कर नहीं देता। अपनी-अपनी समझ की बात है।" कहते हुए वे धीरे से हँस पड़े। पता नहीं, वे अपनी बात समझकर अपने पर ही हँसे थे या दूसरों पर।

तभी एक आदमी ने प्रवेश किया। सहसा लगा कि खलासी आ गया। पर वह पांडु-रोगी था। देखते ही वैद्यजी के मुख पर संतोष चमक आया। वे भीतर गए। एक तावीज़ लाते हुए बोले, "अब इसका असर देखो। बीस-पच्चीस रोज में इसका चमत्कार दिखाई पड़ेगा।" पांडु-रोगी की बाँह में तावीज़ बाँधकर और उसके कुछ आने पैसे जेब में डालकर वे गंभीर होकर बैठ गए।

रोगी चला गया तो फिर बोले, "यह विद्या भी हमारे पिताजी के पास थी। उनकी लिखी पुस्तकें पड़ी हैं...बहुत सोचता हूँ, उन्हें फिर से नकल कर लूँ...बड़े अनुभव की बातें हैं। विश्वास की बात, बाबू। एक चुटकी धूल से आदमी चंगा हो सकता है। होमोपैथिक और भला क्या है? एक चुटकी शक्कर। जिस पर विश्वास जम जाए, बस।"

चंदर ने चलते हुए कहा, "अब तो औषधालय बंद करने का समय

हो गया, खाना खाने नहीं जाइएगा?''

''तुम चलो, हम दस-पाँच मिनट बाद आएँगे।'' वैद्यजी ने तहसील वाला काम अपने आगे सरका लिया। दुकान का दरवाजा भटखुला करके बैठ गए। बाहर धूप की ओर देखकर दृष्टि चौंधिया जाती थी।

बगलवाले दुकानदार बच्चनलाल ने दुकान बंद करके, घर जाते हुए वैद्यजी की दुकान खुली देखकर पूछा, ''आप खाना खाने नहीं गए...''

''हाँ, ऐसे ही एक जरूरी काम है। अभी थोड़ी देर में चले जाएँगे।'' वैद्यजी ने कहा और जमीन पर चटाई बिछाई; कागज रजिस्टर मेज से उठाकर नीचे फैला लिए। लेकिन गर्मी तो गर्मी पसीना थमता ही न था। रह-रहकर पंखा झलते, फिर नकल करने लगते। कुछ देर मन मारकर काम किया, पर हिम्मत छूट गई। उठकर पुरानी धूल पड़ी शीशियाँ झाड़ने लगे। उन्हें लाइन से लगाया। लेकिन गर्मी की दोपहर...समय स्थिर लगता था। एक बार उन्होंने किवाड़ों के बीच से मुँह निकालकर सड़क की ओर निहारा। एकाध लोग नजर आए। उन आते-जाते लोगों की उपस्थिति से बड़ा सहारा मिल गया। भीतर आए, बोर्ड का तार सीधा किया और उसे दुकान के सामने लटका दिया। धन्वंतरि औषधालय का बोर्ड दुकान की गर्दन में तावीज़ की तरह लटक गया।

कुछ समय और बीता। आखिर उन्होंने हिम्मत की। एक लोटा पानी पिया और जाँघों तक धोती सरकाकर मुस्तैदी से काम में जुट गए। बाहर कुछ आहट हुई। चिंता से उन्होंने देखा।

''आज आराम करने नहीं गए वैद्यजी?'' घर जाते हुए जान-पहचान के दुकानदार ने पूछा।

''बस जाने की सोच रहा हूँ...कुछ काम पसर गया था, सोचा, करता चलूँ...'' कहकर वैद्यजी दीवार से पीठ टिकाकर बैठ गए। कुरता उतारकर एक ओर रख दिया। इकहरी छत की दुकान आँच-सी तप रही थी। वैद्यजी की आँखें बुरी तरह नींद से बोझिल हो रही थीं। एक झपकी आ गई...कुछ समय जरूर बीत गया था। नहीं रहा गया तो रजिस्टरों का तकिया बनाकर उन्होंने पीठ सीधी की। पर नींद...आती और चली जाती, न जाने क्या हो गया था!

सहसा एक आहट ने उन्हें चौंका दिया। आँखें खोलते हुए वे उठकर बैठ गए। बच्चनलाल दोपहर बिताकर वापस आ गया था।

"अरे, आज आप अभी तक गए ही नहीं..." उसने कहा।

वैद्यजी जोर-जोर से पंखा झलने लगे। बच्चनलाल ने दुकान से उतरते हुए पूछा, "किसी का इन्तजार है क्या?"

"हाँ, एक मरीज आने को कह गया था...अभी तक आया..." वैद्यजी ने बच्चनलाल को जाते देखा तो बात बीच में तोड़कर चुप हो गए और अपना पसीना पोंछने लगे।

उषा प्रियंवदा

उषा प्रियंवदा की कहानियों में नारी मन का यथार्थ वर्णन है। उनका जन्म 24 दिसंबर, 1931 को कानपुर में हुआ। उन्होंने इलाहाबाद विश्वविद्यालय से अंग्रेजी साहित्य में एम.ए. और पी-एच.डी. की उपाधि प्राप्त की। अपने कार्यकाल का आरंभ उन्होंने इलाहाबाद विश्वविद्यालय तथा दिल्ली विश्वविद्यालय में प्राध्यापन से किया। कुछ वर्ष बाद वे फुलब्राइट स्कॉलरशिप पर अमरीका चली गईं। वहाँ ब्लूमिंग्टन, डंडियाना में दो वर्ष तक पी-एच.डी. के आगे पोस्ट डॉक्टरल की पढ़ाई की और फिर अमरीका में ही विसकांसिन विश्वविद्यालय, मैडिसन में दक्षिणेशियाई विभाग में मानद प्रोफेसर हो गईं।

उषा प्रियंवदा का साहित्य सृजन क्षेत्र अत्यंत विस्तृत है। वे मुख्यतः कथाकार हैं। 'फिर वसंत आया', 'जिंदगी और गुलाब के फूल', 'कितना बड़ा झूठ', 'कोई एक दूसरा' और 'मेरी प्रिय कहानियाँ' उनके कहानी संग्रह हैं। उपन्यासों में प्रमुख हैं—'पचपन खंभे लाल दीवारें', 'रुकोगी नहीं राधिका', 'शेषयात्रा' तथा 'अंतर्वंशी'। इनके अतिरिक्त 'शून्य तथा अन्य रचनाएँ' तथा अंग्रेजी में 'मीराबाई और सूरदास' उनकी अन्य पुस्तकें हैं।

उषा प्रियंवदा के कथालेखन में भारतीय और विदेशी परिवेश के अनुभवों को एक साथ उठाया गया है। उन्होंने परिवार में स्त्री के संबंधों और उसके मन में उठते सवालों का सूक्ष्म चित्रण किया है। इन कहानियों का दायरा अत्यंत विस्तृत है। नारी मन की मार्मिक छवियों को उभारते हुए भी वे अतिशय भावुकता से साफ बचती दिखाई पड़ती हैं। आधुनिक जीवन स्थितियाँ, समाज और परिवार के पारंपरिक ढाँचे से बहुत भिन्न

हैं जिसका प्रभाव व्यक्ति की मानसिकता और उसके पूरे भाव जगत पर पड़ रहा है। इससे हमारे रूढ़ मूल्यों की जड़ें हिल गई हैं। उषा प्रियंवदा ने अपनी कहानियों में इस परिवर्तन को रेखांकित किया है। फिर चाहे वह आर्थिक स्थिति के परिवर्तन की बात हो या अपने ही परिवार में आत्मीयता के अभाव में अकेलेपन से जूझते हुए व्यक्ति की पीड़ा—द्वंद्वपूर्ण आत्मसंघर्ष उनकी कहानियों का प्राण है लेकिन उनके सभी पात्र जीवन-संघर्षों का सामना सहज, चुनौतीपूर्ण ढंग से करते दिखाई पड़ते हैं।

साठोत्तर युग की स्त्री का आत्मविश्वास भरा रूप उनकी कहानियों का केंद्र बिंदु है। सभ्य समाज में परिवर्तित होते जीवन-मूल्यों को उन्होंने बारीकी से विश्लेषित किया है।

वापसी

उषा प्रियंवदा द्वारा रची गई यह कहानी नई कहानी की एक महत्त्वपूर्ण उपलब्धि है। अपनी संवेदनशीलता और अपनों के बीच पराया हो जाने की पीड़ा से युक्त यह क़हानी कथा-समीक्षकों के बीच चर्चा का केंद्र बनी रही। नई कहानी के दौर की बहुत-सी कहानियाँ संबंधों के छद्म को उघाड़ती हैं। भारतीय पारिवारिक व्यवस्था में संबंधों की भावात्मकता पर कभी प्रश्नचिह्न नहीं लगाया गया, न ही बदलते परिवेश में चरमराते जीवन-मूल्यों को खुले मन से स्वीकार किया गया। यह कहानी इन दोनों स्थितियों पर एक साथ 'फोकस' करती है। गजाधर बाबू का परिवार भी समय की धारा के साथ कितना बदल गया है इसका अहसास उन्हें लंबे समय बाद घर लौटने पर होता है। वे पैंतीस बरस नौकरी करते हुए घर से अलग रहे हैं लेकिन घर-परिवार का आत्मीयता भरा स्वप्न सदा उनकी आँखों में झिलमिलाता रहा। पत्नी और बच्चों के साथ अपने घर में रहने के लिए उनका मन सदा ललकता रहा लेकिन जब वे रिटायर होकर घर लौटे तब उनका यह स्वप्न

यथार्थ की ठोस जमीन पर टिका न रह सका। उनके घर लौटने तक घर-परिवार की सारी व्यवस्था ऐसी हो चुकी है जहाँ उनके लिए कोई जगह नहीं बची।

कहानी के तीन बिंदु हैं। पहला, रिटायर होने पर सरकारी क्वार्टर खाली करते हुए उनके मन में हल्की-सी कसक उठती है। वहाँ सब कुछ उनका अपना और परिचित है। आँगन के पेड़-पौधे भी और उनका सेवक गनेशी जिससे उनकी आत्मीयता उस दृश्य में स्पष्ट झलकती है। वह सब छोड़कर जाते हुए उनके मन में यह तसल्ली अवश्य है कि वे अपने घर जा रहे हैं जहाँ होने के लिए उन्होंने वर्षों इंतजार किया है।

इसके बाद कहानी उस बिंदु पर खुलती है जहाँ गजाधर बाबू अपने घर में हैं। वे चाहते हैं कि बच्चों के हँसी-मजाक में शामिल हों लेकिन वह उस मंडली का हिस्सा नहीं हैं। उन्हें देखते ही बच्चे कभी लिहाज में तो कभी किसी काम से इधर-उधर हो जाते हैं और गजाधर बाबू फिर सबके बीच होकर भी अकेले रह जाते हैं। वह चाहकर भी परिवार का हिस्सा नहीं बन पाते। घर के स्वामी होने का झूठा अभिमान भी बच्चों की प्रतिक्रियाओं को देखकर जाता रहता है। गजाधर बाबू महसूस करते हैं कि पत्नी अपनी गृहस्थी में इतनी रमी हुई है कि अब उनके पति उनके जीवन का केंद्र नहीं हैं। बच्चों के मन में भी उनके लिए कोई श्रद्धा, प्रेम या सम्मान नहीं है। उनका कुछ भी कहना उन्हें अपने जीवन में अनावश्यक दखल जान पड़ता है। बड़ा बेटा यहाँ तक कह देता है कि, ''बूढ़े आदमी हैं चुपचाप पड़े रहें।''

गजाधर बाबू ने लौटते समय इस स्थिति की कल्पना नहीं की थी और यह वास्तविकता उन्हें भीतर से सोचने को विवश करती है कि 'वे जिंदगी द्वारा ठगे गए हैं।' उन्हें रह-रहकर अपने पीछे छूट गए संबंध याद आने लगते हैं। गनेशी जिसने उनका मन-पसंद चाय नाश्ता पहुँचाने में कभी देर नहीं की और सेठ रामजीमल की मिल के लोग जिनके जीवन में उनकी भागीदारी

थी। गजाधर बाबू चीनी मिल में नौकरी के बहाने लौटने का निर्णय लेते हैं। वे पत्नी से साथ चलने के लिए पूछते हैं। शायद उन्हें पत्नी की आत्मीयता पर अब भी विश्वास है। पत्नी अपनी गृहस्थी, अपनी रसोई और अपने बच्चों के बिना जीवन की कल्पना ही नहीं कर सकतीं। वह वहीं रह जाती हैं और गजाधर बाबू जिस तरह टिन का बक्स और बिस्तर लिए घर आए थे उसी तरह रिक्शे पर बैठ वापस चल पड़ते हैं। जाते-जाते वे केवल एक बार उस छूटते परिवार को फिर से देखते हैं लेकिन इस बार उनकी पीड़ा दूसरी है। अपनों के बीच पराया और अजनबी होने की पीड़ा। इस बुढ़ापे में, जिस परिवार के लिए वे ललकते रहे उसकी उपेक्षा सहन करने की पीड़ा और रिश्तों में अर्थ की घुसपैठ से यह महसूस करने की पीड़ा कि वे परिवार के लिए धनोपार्जन का साधन मात्र थे और कुछ भी नहीं।

गजाधर बाबू की जीवन स्थिति हमारे परिवारों में बूढ़े-बुजुर्गों की उपेक्षा की अनेक अकथ कहानियों का सार है। लेकिन गजाधर बाबू का वापसी का निर्णय अपने स्वाभिमान की रक्षा के लिए उनका नैतिक विद्रोह है। इससे अपनी पीड़ा में वे इतने दयनीय और निरीह नहीं दिखाई पड़ते।

गजाधर बाबू के 'एलियेनेशन' और अजनबीपन को आलोचकों ने अपने-अपने ढंग से कभी अस्तित्ववादी तो कभी मार्क्सवादी दृष्टि से व्याख्यायित किया है लेकिन लेखिका की दृष्टि उनकी जीवनगत त्रासदी को किसी सिद्धांत की आड़ के बजाय जीवन के खुरदुरे यथार्थ में तलाशने की रही है।

अपनी भाषा और सधे हुए शिल्प की दृष्टि से भी यह कहानी महत्त्वपूर्ण है। गजाधर बाबू का चरित्र कहानी की प्राण शक्ति है। उनके विषय में कहानीकार ने लिखा है—"गजाधर बाबू स्वभाव से बहुत स्नेही व्यक्ति थे और स्नेह के आकांक्षी भी।" एक पंक्ति में ही उनका पूरा व्यक्तित्व सजीव हो गया है। गजाधर बाबू के साथ-साथ कहानी में जितने भी पात्र हैं यद्यपि उनका

चारित्रिक विकास दिखाने का कहानी में अवकाश नहीं है फिर भी लेखिका ने उनका चित्रण ऐसी समर्थ भाषा में किया है कि सब पत्नी, बेटे, बहू, बेटी, गनेशी अपने-अपने निजी व्यक्तित्व के साथ कहानी में उपस्थित हैं। भाषा सरल होते हुए भी चित्रात्मक और व्यंजक है। उसमें कहीं-कहीं प्रतीकात्मकता भी दिखती है। कहानी के अंत में गजाधर बाबू की पत्नी बेटे से कहती हैं–"अरे नरेंद्र बाबू जी की चारपाई कमरे से निकाल दे। उसमें चलने तक की जगह नहीं है।" चारपाई उन सब भावात्मक मूल्यों का प्रतीक है जिसे हमने अपने जीवन से निकाल दिया है। वहाँ कटोरदानों और कनस्तरों के लिए तो जगह बन सकती है लेकिन अपनों के लिए नहीं।

वापसी

□ उषा प्रियंवदा

गजाधर बाबू ने कमरे में जमा सामान पर एक नजर दौड़ाई—दो बक्स, डोलची, बालटी—"यह डिब्बा कैसा है गनेशी?" उन्होंने पूछा। गनेशी बिस्तर बाँधता हुआ, कुछ गर्व, कुछ दुःख, कुछ लज्जा से बोला, "घरवाली ने साथ को कुछ बेसन के लड्डू रख दिए हैं। कहा, बाबूजी को पसंद हैं, अब कहाँ हम गरीब लोग आपकी कुछ खातिर कर पाएँगे।" घर जाने की खुशी में भी गजाधर बाबू ने एक विषाद का अनुभव किया जैसे एक परिचित, स्नेही, आदरमय, सहज संसार से उनका नाता टूट रहा था।

"कभी-कभी हम लोगों की भी खबर लेते रहिएगा।" गनेशी बिस्तर में रस्सी बाँधता हुआ बोला।

"कभी कुछ जरूरत हो तो लिखना गनेशी। इस अगहन तक बिटिया की शादी कर दो।"

गनेशी ने अँगोछे के छोर से आँखें पोंछीं, "अब आप लोग सहारा न देंगे, तो कौन देगा! आप यहाँ रहते तो शादी में कुछ हौसला रहता।"

गजाधर बाबू चलने को तैयार बैठे थे। रेलवे क्वार्टर का वह कमरा, जिसमें उन्होंने कितने ही वर्ष बिताए थे, उनका सामान हट जाने से कुरूप और नग्न लग रहा था। आँगन में रोपे पौधे भी जान-पहचान के लोग ले गए थे, और जगह-जगह मिट्टी बिखरी हुई थी। पर पत्नी, बाल-बच्चों के साथ रहने की कल्पना में यह बिछोह एक दुर्बल लहर की तरह उठकर विलीन हो गया।

गजाधर बाबू खुश थे, बहुत खुश। पैंतीस साल की नौकरी के बाद वह रिटायर होकर जा रहे थे। इन वर्षों में अधिकांश समय उन्होंने अकेले रहकर काटा था। उन अकेले क्षणों में उन्होंने इसी समय की कल्पना की थी, जब वह अपने परिवार के साथ रह सकेंगे। इसी आशा के सहारे वह अपने अभाव का बोझ ढो रहे थे। संसार की दृष्टि में उनका जीवन सफल कहा जा सकता था। उन्होंने शहर में एक मकान बनवा लिया था, बड़े लड़के अमर और लड़की कान्ति की शादियाँ कर दी थीं, दो बच्चे ऊँची कक्षाओं में पढ़ रहे थे। गजाधर बाबू नौकरी के कारण प्रायः छोटे स्टेशनों पर रहे, और उनके बच्चे और पत्नी शहर में, जिससे पढ़ाई में बाधा न हो। गजाधर बाबू स्वभाव से बहुत स्नेही व्यक्ति थे और स्नेह के आकांक्षी भी। जब परिवार साथ था, ड्यूटी से लौटकर बच्चों से हँसते-बोलते, पत्नी से कुछ मनोविनोद करते—उन सबके चले जाने से उनके जीवन में गहन सूनापन भर उठा। खाली क्षणों में उनसे घर में टिका न जाता। कवि प्रकृति के न होने पर भी, उन्हें पत्नी की स्नेहपूर्ण बातें याद रहतीं। दोपहर में, गरमी होने पर भी, दो बजे तक आग जलाए रहती और उनके स्टेशन से वापस आने पर गरम-गरम रोटियाँ सेंकती—उनके खा चुकने और मना करने पर भी थोड़ा-सा कुछ और थाली में परोस देती, और बड़े प्यार से आग्रह करती। जब वह, थके-हारे बाहर से आते, तो उनकी आहट पा वह रसोई के द्वार पर निकल आती, और उनकी सलज्ज आँखें मुस्करा उठतीं। गजाधर बाबू को तब हर छोटी बात भी याद आती और वह उदास हो उठते...अब कितने वर्षों बाद वह अवसर आया था जब वह फिर उसी स्नेह और आदर के मध्य रहने जा रहे थे।

टोपी उतारकर गजाधर बाबू ने चारपाई पर रख दी, जूते खोलकर नीचे खिसका दिए, अंदर से रह-रहकर कहकहों की आवाज आ रही थी, इतवार का दिन था और उनके सब बच्चे इकट्ठे होकर नाश्ता कर रहे थे। गजाधर बाबू के सूखे चेहरे पर स्निग्ध मुस्कान आ गई। उसी तरह मुस्कराते हुए, वह बिना खाँसे अंदर चले आए। उन्होंने देखा कि नरेंद्र कमर पर हाथ

रखे शायद गत रात्रि की फिल्म में देखे गए किसी नृत्य की नकल कर रहा था, और बसंती हँस-हँसकर दुहरी हो रही थी। अमर की बहू को अपने तन-बदन, आँचल या घूँघट का कोई होश न था और वह उन्मुक्त रूप से हँस रही थी। गजाधर बाबू को देखते ही नरेंद्र धप से बैठ गया और चाय का प्याला उठाकर मुँह से लगा लिया। बहू को होश आया और उसने झट से माथा ढक लिया, केवल बसंती का शरीर रह-रहकर हँसी दबाने के प्रयत्न में हिलता रहा।

गजाधर बाबू ने मुस्कराते हुए उन लोगों को देखा। फिर कहा, "क्यों नरेंद्र, क्या नकल हो रही थी?" "कुछ नहीं बाबूजी।" नरेंद्र ने सिटपिटाकर कहा। गजाधर बाबू ने चाहा था कि वह भी इस मनोविनोद में भाग लेते, पर उनके आते ही जैसे सब कुंठित हो चुप हो गए, उससे उनके मन में थोड़ी-सी खिन्नता उपज आई। बैठते हुए बोले, "बसंती, चाय मुझे भी देना। तुम्हारी अम्माँ की पूजा अभी चल रही है क्या?" बसंती ने माँ की कोठरी की ओर देखा, "अभी आती ही होंगी," और प्याले में उनके लिए चाय छानने लगी। बहू चुपचाप पहले ही चली गई थी, अब नरेंद्र भी चाय का आखिरी घूँट पीकर उठ खड़ा हुआ, केवल बसंती, पिता के लिहाज में, चौके में बैठी माँ की राह देखने लगी। गजाधर बाबू ने एक घूँट चाय पी, फिर कहा, "बिट्टी—चाय तो फीकी है।"

"लाइए, चीनी और डाल दूँ।" बसंती बोली।

"रहने दो, तुम्हारी अम्माँ जब आएँगी, तभी पी लूँगा।"

थोड़ी देर में उनकी पत्नी हाथ में अर्घ्य का लोटा लिये निकलीं और अशुद्ध स्तुति करते हुए तुलसी में डाल दिया। उन्हें देखते ही बसंती भी उठ गई। पत्नी ने आकर गजाधर बाबू को देखा और कहा, "अरे, आप अकेले बैठें हैं—यह सब कहाँ गए?" गजाधर बाबू के मन में फाँस-सी करक उठी, "अपने-अपने काम में लग गए हैं—आखिर बच्चे ही हैं।"

पत्नी आकर चौके में बैठ गईं—उन्होंने नाक-भौं चढ़ाकर चारों ओर जूठे बर्तनों को देखा। फिर कहा, "सारे में जूठे बर्तन पड़े हैं। इस घर में धरम-करम कुछ नहीं। पूजा करके सीधे चौके में घुसो।" फिर उन्होंने नौकर को पुकारा, जब उत्तर न मिला तो एक बार और उच्च स्वर में,

फिर पति की ओर देखकर बोलीं, "बहू ने भेजा होगा बाजार।" और एक लंबी साँस लेकर चुप हो रहीं।

गजाधर बाबू बैठकर चाय और नाश्ते का इंतजार करते रहे। उन्हें अचानक ही गनेशी की याद आ गई। रोज सुबह, पैसेंजर आने से पहले वह गर्म-गर्म पूरियाँ और जलेबी बनाता था। गजाधर बाबू जब तक उठकर तैयार होते, उनके लिए जलेबियाँ और चाय लाकर रख देता था। चाय भी कितनी बढ़िया, काँच के गिलास में ऊपर तक भरी लबालब, पूरे ढाई चम्मच चीनी, और गाढ़ी मलाई। पैसेंजर भले ही रानीपुर लेट पहुँचे, गनेशी ने चाय पहुँचाने में कभी देर नहीं की। क्या मजाल कि कभी उससे कुछ कहना पड़े।

पत्नी का शिकायत-भरा स्वर सुनकर उनके विचारों में व्याघात पहुँचा। वह कह रही थीं, सारा दिन इसी खिच-खिच में निकल जाता है। इसी गिरस्थी का धंधा पीटते-पीटते उमर बीत गई। कोई जरा हाथ भी नहीं बँटाता।

"बहू क्या करती है?" गजाधर बाबू ने पूछा।

"पड़ी रहती है। बसंती को तो फिर कहो कि कॉलेज जाना होता है।"

गजाधर बाबू ने जोश में आकर बसंती को आवाज दी। बसंती भाभी के कमरे से निकली तो गजाधर बाबू ने कहा, "बसंती, आज से शाम का खाना बनाने की जिम्मेवारी तुम पर है। सुबह का भोजन तुम्हारी भाभी बनाएँगी।"

बसंती मुँह लटकाकर बोली, "बाबूजी, पढ़ना भी तो होता है।"

गजाधर बाबू ने बड़े प्यार से समझाया, "तुम सवेरे पढ़ लिया करो। तुम्हारी माँ बूढ़ी हुईं, उनके शरीर में अब वह शक्ति नहीं बची है। तुम हो, तुम्हारी भाभी हैं, दोनों को मिलकर काम में हाथ बँटाना चाहिए।"

बसंती चुप रह गई। उसके जाने के बाद, उसकी माँ ने धीरे से कहा, "पढ़ने का तो बहाना है। कभी जी नहीं लगता, लगे कैसे? शीला से ही फुरसत नहीं, बड़े-बड़े लड़के हैं उस घर में, हर वक्त वहाँ घुसा रहना, मुझे नहीं सुहाता। मना करूँ तो सुनती नहीं।"

नाश्ता कर, गजाधर बाबू बैठक में चले गए। घर छोटा था और ऐसी व्यवस्था हो चुकी थी कि उसमें गजाधर बाबू के रहने के लिए कोई

स्थान न बचा था। जैसे किसी मेहमान के लिए कुछ अस्थायी प्रबंध कर दिया जाता है, उसी प्रकार बैठक में कुर्सियों को दीवार से सटाकर बीच में गजाधर बाबू के लिए पतली-सी चारपाई डाल दी गई थी—गजाधर बाबू उस कमरे में पड़े-पड़े, कभी-कभी अनायास ही, इस अस्थायित्व का अनुभव करने लगते। उन्हें याद हो आती उन रेलगाड़ियों की, जो आतीं और थोड़ी देर रुककर किसी और लक्ष्य की ओर चली जातीं।

घर छोटा होने के कारण बैठक में ही अब अपना प्रबंध किया था। उनकी पत्नी के पास अंदर एक छोटा कमरा अवश्य था, पर वह एक ओर अचारों के मर्तबान, दाल, चावल के कनस्तर और घी के डिब्बे से घिरा था—तो दूसरी ओर पुरानी रजाइयाँ, दरियों में लिपटी और रस्सी से बँधी रखी थीं, उसके पास एक बड़े-से टीन के बक्स में घर-भर के गरम कपड़े थे। बीच में एक अलगनी बँधी हुई थी, जिस पर प्रायः बसंती के कपड़े लापरवाही से पड़े रहते थे। वह भरसक उस कमरे में नहीं जाते थे। घर का दूसरा कमरा अमर और उसकी बहू के पास था। तीसरा कमरा, जो सामने की ओर था, बैठक था। गजाधर बाबू के आने से पहले उसमें अमर की ससुराल से आया बेंत की तीन कुर्सियों का सेट पड़ा था, कुर्सियों पर नीली गद्दियाँ और बहू के हाथों के कढ़े कुशन थे।

जब कभी उनकी पत्नी को कोई लंबी शिकायत करनी होती, तो अपनी चटाई बैठक में डाल पड़ जाती थीं। तो वह एक दिन चटाई लेकर आ गईं। गजाधर बाबू ने घर-गृहस्थी की बातें छेड़ीं, वह घर का रवैया देख रहे थे। बहुत हलके-से उन्होंने कहा कि अब हाथ में पैसा कम रहेगा, कुछ खर्च कम होना चाहिए।

"सभी खर्च तो वाजिब-वाजिब हैं, किसका पेट काटूँ? यही जोड़-गाँठ करते-करते बूढ़ी हो गई, न मन का पहना, न ओढ़ा।"

गजाधर बाबू ने आहत, विस्मित दृष्टि से पत्नी को देखा। उनसे अपनी हैसियत छिपी न थी। उनकी पत्नी तंगी का अनुभव कर उसका उल्लेख करतीं, यह स्वाभाविक था, लेकिन उनमें सहानुभूति का पूर्ण अभाव गजाधर बाबू को बहुत खटका। उनसे यदि राय-बात की जाती कि प्रबंध कैसे हो, तो उन्हें चिंता कम, संतोष अधिक होता। लेकिन उनसे तो केवल

शिकायत की जाती थी जैसे परिवार की सब परेशानियों के लिए वही जिम्मेदार थे।

"तुम्हें किस बात की कमी है अमर की माँ—घर में बहू है, लड़के-बच्चे हैं, सिर्फ रुपये से ही आदमी अमीर नहीं होता।" गजाधर बाबू ने कहा और कहने के साथ ही अनुभव किया, यह उनकी आंतरिक अभिव्यक्ति थी ऐसी कि उनकी पत्नी नहीं समझ सकतीं। "हाँ, बड़ा सुख है न बहू से। आज रसोई करने गई है, देखो क्या होता है," कहकर पत्नी ने आँखें मूँदीं, और सो गईं। गजाधर बाबू बैठे हुए पत्नी को देखते रह गए—यही थी क्या उनकी पत्नी जिसके हाथों के कोमल स्पर्श, जिसकी मुस्कान की याद में उन्होंने संपूर्ण जीवन काट दिया था? उन्हें लगा कि वह लावण्यमयी युवती जीवन की राह में कहीं खो गई और उसकी जगह आज जो स्त्री है, वह उनके मन और प्राणों के लिए नितांत अपरिचिता है। गाढ़ी नींद में डूबी उनकी पत्नी का भारी-सा शरीर बहुत बेडौल और कुरूप लग रहा था, चेहरा श्रीहीन और रूखा था। गजाधर बाबू देर तक निस्संग दृष्टि से पत्नी को देखते रहे और फिर लेटकर छत की ओर ताकने लगे।

अंदर कुछ गिरा और उनकी पत्नी हड़बड़ाकर उठ बैठीं, "लो बिल्ली ने कुछ गिरा दिया शायद," और वह अंदर भागीं, थोड़ी देर में लौटकर आईं तो उनका मुँह फूला हुआ था, "देखो बहू को, चौका खुला छोड़ आई, बिल्ली ने दाल की पतीली गिरा दी। सभी तो खाने को हैं, अब क्या खिलाऊँगी?" वह साँस लेने को रुकीं और बोलीं, "एक तरकारी और चार पराँठे बनाने में सारा डिब्बा घी उँड़ेलकर रख दिया। जरा-सा दर्द नहीं है, कमाने वाला हाड़ तोड़े और यहाँ चीजें लुटें। मुझे तो मालूम था कि यह सब काम किसी के बस का नहीं है?"

गजाधर बाबू को लगा कि पत्नी कुछ और बोलेंगी तो उनके कान झनझना उठेंगे। ओठ भींच, करवट लेकर उन्होंने पत्नी की ओर पीठ कर ली।

रात का भोजन बसंती ने जान-बूझकर ऐसा बनाया कि कौर तक निगला न जा सके। गजाधर बाबू चुपचाप खाकर उठ गए, पर नरेंद्र थाली सरकाकर

उठ खड़ा हुआ और बोला, "मैं ऐसा खाना नहीं खा सकता।"

बसंती तुनककर बोली, "तो न खाओ, कौन तुम्हारी खुशामद करता है।"

"तुमसे खाना बनाने को कहा किसने था?" नरेंद्र चिल्लाया।

"बाबूजी ने।"

"बाबूजी को बैठे-बैठे यही सूझता है।"

बसंती को उठाकर माँ ने नरेंद्र को मनाया और अपने हाथ से कुछ बनाकर खिलाया। गजाधर बाबू ने बाद में पत्नी से कहा, "इतनी बड़ी लड़की हो गई और उसे खाना बनाने तक का शऊर नहीं आया।" "अरे आता सब कुछ है, करना नहीं चाहती," पत्नी ने उत्तर दिया। अगली शाम माँ को रसोई में देख, कपड़े बदलकर बसंती बाहर आई तो बैठक से गजाधर बाबू ने टोक दिया, "कहाँ जा रही हो?"

"पड़ोस में, शीला के घर।" बसंती ने कहा।

"कोई जरूरत नहीं है, अंदर जाकर पढ़ो।" गजाधर बाबू ने कड़े स्वर में कहा। कुछ देर अनिश्चित खड़े रहकर बसंती अंदर चली गई। गजाधर बाबू शाम को रोज टहलने चले जाते थे, लौटकर आए तो पत्नी ने कहा, "क्या कह दिया बसंती से? शाम से मुँह लपेटे पड़ी है। खाना भी नहीं खाया।"

गजाधर बाबू खिन्न हो आए। पत्नी की बात का उन्होंने कुछ उत्तर नहीं दिया। उन्होंने मन में निश्चय कर लिया कि बसंती की शादी जल्दी ही कर देनी है। उस दिन के बाद बसंती पिता से बची-बची रहने लगी। जाना होता तो पिछवाड़े से जाती। गजाधर बाबू ने दो-एक बार पत्नी से पूछा तो उत्तर मिला, "रूठी हुई है।" गजाधर बाबू को और रोष हुआ। लड़की के इतने मिजाज, जाने को रोक दिया तो पिता से बोलेगी नहीं। फिर उनकी पत्नी ने ही सूचना दी कि अमर अलग रहने की सोच रहा है।

"क्यों?" गजाधर बाबू ने चकित होकर पूछा।

पत्नी ने साफ-साफ उत्तर नहीं दिया। अमर और उसकी बहू की शिकायतें बहुत थीं। उनका कहना था कि गजाधर बाबू हमेशा बैठक में

ही पड़े रहते हैं, कोई आने-जाने वाला हो तो कहीं बैठाने की जगह नहीं। अमर को अब भी वह छोटा-सा समझते थे, और मौके-बेमौके टोक देते थे। बहू को काम करना पड़ता था और सास जब-तब फूहड़पन पर ताने देती रहती थीं। "हमारे आने के पहले भी कभी ऐसी बात हुई थी?" गजाधर बाबू ने पूछा। पत्नी ने सिर हिलाकर जताया कि नहीं। पहले अमर घर का मालिक बनकर रहता था—बहू को कोई रोक-टोक न थी, अमर के दोस्तों का प्रायः यहीं अड्डा जमा रहता था और अंदर से नाश्ता-चाय तैयार होकर जाता रहता था। बसंती को भी वही अच्छा लगता था।

गजाधर बाबू ने बहुत धीरे से कहा, "अमर से कहो, जल्दबाजी की कोई जरूरत नहीं है।"

अगले दिन वह सुबह घूमकर लौटे तो उन्होंने पाया कि बैठक में उनकी चारपाई नहीं है। अंदर जाकर पूछने ही वाले थे कि उनकी दृष्टि रसोई के अंदर बैठी पत्नी पर पड़ी। उन्होंने यह कहने को मुँह खोला कि बहू कहाँ है; पर कुछ याद कर चुप हो गए। पत्नी की कोठरी में झाँका तो अचार, रजाइयों और कनस्तरों के मध्य अपनी चारपाई लगी पाई। गजाधर बाबू ने कोट उतारा और कहीं टाँगने को दीवार पर नजर दौड़ाई फिर उसे मोड़कर अलगनी के कुछ कपड़े खिसकाकर, एक किनारे टाँग दिया। कुछ खाए बिना ही अपनी चारपाई पर लेट गए। कुछ भी हो, तन आखिरकार बूढ़ा ही था। सुबह-शाम कुछ दूर टहलने अवश्य चले जाते, पर आते-आते थक उठते थे। गजाधर बाबू को अपना बड़ा-सा, खुला हुआ क्वार्टर याद आ गया। निश्चिंत जीवन, सुबह पैसेंजर ट्रेन आने पर स्टेशन की चहल-पहल, चिरपरिचित चेहरे और पटरी पर रेल के पहियों की खट्-खट्, जो उनके लिए मधुर संगीत की तरह था। तूफान और डाक गाड़ी के इंजनों की चिंघाड़ उनकी अकेली रातों की साथी थी। सेठ रामजीमल की मिल के कुछ लोग कभी-कभी पास आ बैठते, वही उनका दायरा था, वही उनके साथी। वह जीवन अब उन्हें एक खोई निधि-सा प्रतीत हुआ। उन्हें लगा कि वह जिंदगी द्वारा ठगे गए हैं। उन्होंने जो कुछ चाहा, उसमें से उन्हें एक बूँद भी न मिली।

लेटे हुए वह घर के अंदर से आते विविध स्वरों को सुनते रहे। बहू

और सास की छोटी-सी झड़प, बालटी पर खुले नल की आवाज, रसोई के बरतनों की खटपट और उसी में दो गौरैयों का वार्तालाप—और अचानक ही उन्होंने निश्चय कर लिया कि अब घर की किसी बात में दखल न देंगे। यदि गृहस्वामी के लिए पूरे घर में एक चारपाई की जगह यहीं है, तो यहीं पड़े रहेंगे। अगर कहीं और डाल दी गई, तो वहाँ चले जाएँगे। यदि बच्चों के जीवन में उनके लिए कहीं स्थान नहीं, तो अपने ही घर में परदेसी की तरह पड़े रहेंगे...और उस दिन के बाद सचमुच गजाधर बाबू कुछ नहीं बोले। नरेंद्र माँगने आया तो बिना कारण पूछे उसे रुपए दे दिए—बसंती काफी अँधेरा हो जाने के बाद भी पड़ोस में रही तो भी उन्होंने कुछ नहीं कहा—पर उन्हें सबसे बड़ा गम यह था कि उनकी पत्नी ने भी उनमें कुछ परिवर्तन लक्ष्य नहीं किया। वह मन-ही-मन कितना भार ढो रहे हैं इससे वह अनजान ही बनी रहीं। बल्कि उन्हें पति के घर के मामले में हस्तक्षेप न करने के कारण शांति ही थी। कभी-कभी कह भी उठतीं, "ठीक ही है, आप बीच में न पड़ा कीजिए, बच्चे बड़े हो गए हैं, हमारा जो कर्तव्य था, कर रहे हैं। पढ़ा रहे हैं, शादी कर देंगे।"

गजाधर बाबू ने आहत दृष्टि से पत्नी को देखा। उन्होंने अनुभव किया कि वह पत्नी व बच्चों के लिए केवल धनोपार्जन के निमित्त मात्र हैं। जिस व्यक्ति के अस्तित्व से पत्नी माँग में सिंदूर डालने की अधिकारिणी है, समाज में उसकी प्रतिष्ठा है, उसके सामने वह दो वक्त भोजन की थाली रख देने से सारे कर्तव्यों से छुट्टी पा जाती है। वह घी और चीनी के डिब्बों में इतनी रमी हुई है कि अब वही उसकी संपूर्ण दुनिया बन गई है। गजाधर बाबू उनके जीवन के केंद्र नहीं हो सकते, उन्हें तो अब उनकी शादी के लिए भी उत्साह बुझ गया। किसी बात में हस्तक्षेप न करने के लिए निश्चय के बाद भी उनका अस्तित्व उस वातावरण का एक भाग न बन सका। उनकी उपस्थिति उस घर में ऐसी असंगत लगने लगी थी, जैसे सजी हुई बैठक में उनकी चारपाई थी। उनकी सारी खुशी एक गहरी उदासीनता में डूब गई।

इतने सब निश्चयों के बावजूद भी गजाधर बाबू एक दिन बीच में दखल दे बैठे। पत्नी स्वभावानुसार नौकर की शिकायत कर रही थी, "कितना

कामचोर है, बाजार की हर चीज में पैसा बचाता है, खाने बैठता है, तो खाता ही चला जाता है।'' गजाधर बाबू को यह महसूस होता रहता था कि उनके घर का रहन-सहन और खर्च उनकी हैसियत से कहीं ज्यादा है। पत्नी की बात सुनकर लगा कि नौकर का खर्च बिलकुल बेकार है; छोटा-मोटा काम है, घर में तीन मर्द हैं, कोई-न-कोई कर ही देगा; उन्होंने उसी दिन नौकर का हिसाब कर दिया। अमर दफ्तर से आया तो नौकर को पुकारने लगा। अमर की बहू बोली, ''बाबूजी ने नौकर छुड़ा दिया है।''

''क्यों?''

''कहते हैं खर्च बहुत है।''

यह वार्तालाप बहुत सीधा-सा था, पर जिस टोन में बहू बोली, गजाधर बाबू को खटक गया। उस दिन जी भारी होने के कारण गजाधर बाबू टहलने नहीं गए थे। आलस्य में, उठकर बत्ती भी नहीं जलाई—इस बात से बेखबर नरेंद्र माँ से कहने लगा, ''अम्माँ, तुम बाबूजी से कहतीं क्यों नहीं? बैठे-बिठाए कुछ नहीं तो नौकर ही छुड़ा दिया। अगर बाबूजी यह समझें कि मैं साइकिल पर गेहूँ रख आटा पिसाने जाऊँगा तो मुझसे यह नहीं होगा।'' ''हाँ अम्माँ''—बसंती का स्वर था, ''मैं कॉलेज भी जाऊँ और लौटकर घर में झाड़ू भी लगाऊँ, यह मेरे बस की बात नहीं है।''

''बूढ़े आदमी हैं,'' अमर भुनभुनाया, ''चुपचाप पड़े रहें। हर चीज में दखल क्यों देते हैं!'' पत्नी ने बड़े व्यंग्य से कहा, ''और कुछ नहीं सूझा तो तुम्हारी बहू को ही चौके में भेज दिया। वह गई तो पंद्रह दिन का राशन पाँच दिन में बनाकर रख दिया।'' बहू कुछ कहे, इससे पहले वह चौके में घुस गईं। कुछ देर में अपनी कोठरी में आईं और बिजली जलाई तो गजाधर बाबू को लेटे देख सिटपिटाईं। गजाधर बाबू की मुखमुद्रा से वह उनके भावों का अनुमान न लगा सकीं। वह चुप, आँखें बंद किए लेटे रहे।

गजाधर बाबू चिट्ठी हाथ में लिये अंदर आए और पत्नी को पुकारा। वह भीगे हाथ लिये निकलीं और आँचल से पोंछती हुई पास आ खड़ी हुईं।

गजाधर बाबू ने बिना किसी भूमिका के कहा, "मुझे सेठ रामजीमल की चीनी-मिल में नौकरी मिल गई है। खाली बैठे रहने से तो चार पैसे घर में आएँ, वही अच्छा है। उन्होंने तो पहले ही कहा था, मैंने मना कर दिया था।" फिर कुछ रुककर, जैसे बुझी हुई आग में एक चिनगारी चमक उठे, उन्होंने धीमे स्वर में कहा, "मैंने सोचा था कि बरसों तुम सबसे अलग रहने के बाद, अवकाश पाकर परिवार के साथ रहूँगा। खैर, परसों जाना है। तुम भी चलोगी?"

"मैं?" पत्नी ने सकपकाकर कहा, "मैं चलूँगी तो यहाँ का क्या होगा? इतनी बड़ी गृहस्थी, फिर सयानी लड़की..."

बात बीच में काट गजाधर बाबू ने थके, हताश स्वर में कहा, "ठीक है, तुम यहीं रहो। मैंने तो ऐसे ही कहा था।" और गहरे मौन में डूब गए।

नरेंद्र ने बड़ी तत्परता से बिस्तर बाँधा और रिक्शा बुला लाया। गजाधर बाबू का टिन का बक्स और पतला-सा बिस्तर उस पर रख दिया गया। नाश्ते के लिए लड्डू और मठरी की डलिया हाथ में लिये गजाधर बाबू रिक्शे पर बैठ गए। एक दृष्टि उन्होंने अपने परिवार पर डाली और फिर दूसरी ओर देखने लगे और रिक्शा चल पड़ा। उनके जाने के बाद सब अंदर लौट आए। बहू ने अमर से पूछा, "सिनेमा ले चलिएगा न?" बसंती ने उछलकर कहा, "भइया, हमें भी।"

गजाधर बाबू की पत्नी सीधे चौके में चली गईं। बची हुई मठरियों को कटोरदान में रखकर अपने कमरे में लाईं और कनस्तरों के पास रख दिया, फिर बाहर आकर कहा, "अरे नरेंद्र, बाबूजी की चारपाई कमरे से निकाल दे। उसमें चलने तक की जगह नहीं है।"

अमरकांत

हिंदी कहानी में संवेदना और शिल्प की दृष्टि से प्रेमचंद की विरासत को सहेजने वाले कहानीकारों में अमरकांत का महत्त्वपूर्ण स्थान है। अमरकांत का जन्म 1925 में उत्तर प्रदेश के बलिया जिले में हुआ। बलिया से 'हाईस्कूल' करने के बाद उन्होंने इलाहाबाद में इंटरमीडिएट की पढ़ाई की लेकिन 1942 ई. के देशव्यापी स्वाधीनता-संग्राम में शामिल होने के कारण पढ़ाई अधूरी रह गई। बाद में बलिया से पुनः इंटरमीडिएट और इलाहाबाद से बी.ए. किया।

अमरकांत ने पत्रकार के रूप में अपनी आजीविका प्रारंभ की। 1948 में दैनिक पत्र, 'सैनिक' के संपादकीय विभाग में कार्य किया। इसके बाद 'अमृत-पत्रिका', 'भारत', 'कहानी' और 'मनोरमा' आदि दैनिक और मासिक पत्रों के संपादन से जुड़े रहे। पत्रकारिता के साथ ही उन्होंने साहित्य के क्षेत्र में भी पदार्पण किया। वे 'प्रगतिशील लेखक संघ' में शामिल हुए और कथा-लेखन प्रारंभ किया। उनके कहानी संग्रह हैं–'जिंदगी और जोंक', 'देश के लोग', 'मौत का नगर', 'मित्र मिलन', 'कुहासा', 'एक धनी व्यक्ति का बयान', 'तूफान', 'कला प्रेमी' आदि। कहानियों के साथ-साथ अमरकांत उपन्यास रचना भी करते रहे हैं। 'सूखा पत्ता', 'आकाश पक्षी', 'काले उजले दिन', 'सुखजीवी', 'बीच की दीवार', 'ग्राम सेविका', 'कँटीली राह के फूल', 'खुदीराम', 'इन्हीं हथियारों से' आदि उनके प्रमुख उपन्यास हैं। इसके अतिरिक्त उन्होंने बाल-साहित्य का सृजन भी किया है।

अमरकांत की कहानियों में मध्यवर्ग और निम्न मध्यवर्ग के जीवन

अनुभव, अभाव, संघर्ष और इन सबके बावजूद जीवन के प्रति कभी न खत्म होने वाली आस्था सर्वत्र विद्यमान है। अमरकांत ने अपने कथानक जीवन के मामूली प्रसंगों में से चुने हैं। साधारण व्यक्तियों की साधारण जीवन कथाएँ लेखक की संवेदनशील दृष्टि पाकर असाधारण बन गई हैं। अमरकांत अपने समाज की विसंगतियों के चित्र प्रस्तुत करते हैं। उनकी कहानियों में गहरी सामाजिक प्रतिबद्धता है। समाज की सड़ी-गली अन्यायपूर्ण तथा शोषण परक व्यवस्था के विरुद्ध उनकी लेखनी सदा संघर्ष करती रही है। उनके पात्र अपनी साधारण जीवन स्थितियों में भी उन अन्यायपूर्ण स्थितियों में घुटने नहीं टेकते बल्कि पूरी निष्ठा से जीवन जीते हैं। अपनी इस निष्ठा में कभी करुण और कभी निरीह भले ही लगते हों लेकिन इन पात्रों की मानवीयता लेखक की प्रगतिशील दृष्टि की परिचायक है। अमरकांत किसी आदर्श की प्रतिष्ठा के लिए कहानियाँ नहीं रचते बल्कि जिंदगी के यथार्थ से सीधे टकराते हुए ऊपरी ढोंग को खत्म करना चाहते हैं। उनकी कहानियों में व्यंग्य स्थिति की गंभीरता को और तीखा बना देता है। उनकी भाषा में सादगी भरा खुलापन है। मुहावरों और उपमाओं से लैस भाषा में अपने परिवेश को सजीव करने की ताकत है।

दोपहर का भोजन

'दोपहर का भोजन' निम्नमध्यवर्गीय परिवार की लाचारी और बेबसी को अभिव्यक्त करने वाली कहानी है। अमरकांत की अधिकांश कहानियाँ इस वर्ग को केंद्र में रखकर लिखी गई हैं। आम जिंदगी में दिन-प्रतिदिन घटने वाली मामूली-सी घटनाएँ व्यक्ति के वास्तविक जीवन-संघर्षों का पता देती हैं। इस कहानी में भी आर्थिक अभावों से जूझते परिवार के जीवन-अनुभवों, उनके अंतर्विरोधों और स्थितियों का सामना करने की आंतरिक इच्छा-शक्ति को दोपहर के भोजन के माध्यम से संवेदनशील अभिव्यक्ति मिली है।

कहानी की केंद्रीय पात्र सिद्धेश्वरी है जो खाना बनाकर दोपहर

के समय परिवार के एक-एक सदस्य का इंतजार करती है और फिर मनुहार कर सबको खिलाती है। वह सबसे आग्रह करती है कि एक रोटी और ले लें किंतु सबको भीतर से यह बोध है कि उस गरीबी में पनियाई दाल और गिनती के दानों की तरकारी के साथ सबका हिस्सा दो रोटी का है। उससे अधिक रोटी लेने का अर्थ है दूसरे का भोजन छीनना। इसलिए सब पेट भरे होने का बहाना करते हैं। आर्थिक विपन्नता का अहसास सबको है लेकिन उसे स्वीकारते हुए भी खुलकर कहने का साहस किसी को नहीं है। घर के स्वामी मुंशी जी की नौकरी से छँटनी और बड़े बेटे की बेरोजगारी ने स्थिति को और भी विकट बना दिया है। सिद्धेश्वरी समझती हैं कि घर के भीतर की मजबूरी और बाहरी दुनिया के संघर्ष उसके परिवार को तोड़ सकते हैं। इसलिए वह पूरी स्थिति में सबसे अधिक डरी-सहमी दिखाई पड़ती है लेकिन साथ ही वह इस बात के लिए सचेत है और प्रयत्नशील भी कि परिवार के सब सदस्य कहीं एक-दूसरे से न टकरा जाएँ। वह झूठ-सच बोलकर स्थिति की कड़वाहट को कम करने की कोशिश करती है। आर्थिक आघातों के बावजूद वह परिवार के स्नेह-सूत्रों को बचाने के लिए कटिबद्ध है। इस सबका तनाव वह न झेल रही हो ऐसा भी नहीं है। सबको खिलाने के बाद जब मुंशी जी की जूठी थाली में वह स्वयं खाने बैठती है तब उसकी आँखों से टपकते आँसू उसकी व्यथा को व्यक्त कर ही देते हैं।

पूरी कहानी में घटनाओं का आल-जाल या चरित्रों का क्रमिक विकास नहीं है बल्कि कहानी उस अभावग्रस्त उदास वातावरण से बनती है। कहानी में जगह-जगह ऐसे चित्र हैं जो उस घर की कष्टपूर्ण स्थिति को उद्घाटित करते हैं। कहानी के प्रारंभ में अध-टूटे खटोले पर सोया छह वर्षीय बच्चा जिसका मुँह खुला है और उस पर अनगिनत मक्खियाँ उड़ रही हैं। कहानी के अंत में भी सारा घर मक्खियों से भनभनाता दिखाई पड़ता है। अलगनी

पर टँगी पैबंद लगी गंदी साड़ी सिद्धेश्वरी और उस जैसी अनेक स्त्रियों के जीवन का यथार्थ है जिसके बीच अन्नपूर्णा की भूमिका निभाने को तत्पर वह और भी दयनीय होती जाती है।

सिद्धेश्वरी के साथ-साथ मुंशी जी, बड़ा लड़का रामचंद्र, मँझला लड़का मोहन सभी अपने-अपने स्तर पर इस अभाव भरे जीवन की पीड़ा झेल रहे हैं। ऊपर से दिखने वाली शांति भीतर के आंदोलन को दबा नहीं सकती। हर क्षण ऐसा लगता है कि सब कुछ फट पड़ेगा। सिद्धेश्वरी के एक और रोटी के लिए जिद करने पर उनकी व्यग्रता साफ झलकती है। एक कहता है कि 'अधिक खिलाकर बीमार डालने की तबीयत है क्या?' तो दूसरा तर्क देता है, 'फिर रोटियाँ तूने ऐसी बनाई हैं कि खाई नहीं जातीं।' और मुंशी जी खनकियों से रसोई को देखते हुए कहते हैं 'अन्न और नमकीन चीजों से तबीयत ऊब भी गई है।' अमरकांत ऐसे संवादों से स्थिति की विद्रूपता को भली-भाँति प्रकट करते हैं। जिस घर में भरपेट भोजन नहीं है, जहाँ हर व्यक्ति रसोई को ललचाई निगाहों से देख रहा है वे रोटी से ऊबने की बात करते हैं, बदहजमी की शिकायत करते हैं इससे बड़ी विसंगति और क्या हो सकती है।

अमरकांत की उपलब्धि यह है कि वे इस तनाव को पूरी कहानी में साध पाते हैं। कहीं उत्कर्ष और कहीं फिर ढीलापन दिखाई नहीं पड़ता बल्कि एक तनी हुई रस्सी की तरह यह तनाव कहानी के अंत तक बना रहता है। और अर्थ की परतें खुलती जाती हैं। यह कहानी व्यक्ति विशेष की कहानी नहीं है अर्थात् यह सिद्धेश्वरी के परिवार की अभिव्यक्ति होते हुए भी केवल उनकी कहानी नहीं है बल्कि पूरे वर्ग की कहानी है। हमारे देश में असंख्य लोग इस अभाव भरी विवशता के अनुभव से रोज गुजरते हैं और फिर भी किसी तरह संयम के साथ जीवन जीते चले जाते हैं।

शिल्प की दृष्टि से भी यह कहानी विशिष्ट है। कहानी मुख्यतः

वर्णन और विवरण प्रधान है जिसके बीच छोटे-छोटे संवाद कुशलता से बुने गए हैं। अमरकांत कहानी लिखते हुए ब्यौरे देते हैं जो संवेदना को उभारने में सार्थक हैं। जैसे रोटी खाते समय सबकी प्रतिक्रियाओं पर लेखक की नजर पड़ती है। रामचंद्र रोटी के अंतिम टुकड़े को किस तरह ग्रहण करता है—"एक-दो क्षण बाद रोटी के टुकड़े को धीरे-से हाथ से उठाकर आँख से निहारा और अंत में इधर-उधर देखने के बाद टुकड़े को मुँह में इस सरलता से रख लिया, जैसे वह भोजन का ग्रास न होकर पान का बीड़ा हो।" मोहन 'सुड़-सुड़ कर दाल पी रहा था' "मुंशी जी ने चने के दानों की ओर इस दिलचस्पी से दृष्टिपात किया, जैसे उनसे बातचीत करने वाले हों।" इस तरह के ब्यौरे कहानी की प्राणशक्ति हैं। कहानी खत्म होने के बाद भी ये सारे विवरण पाठक के मन में गूँजते रहते हैं और एक अटूट प्रभाव की सृष्टि करते हैं।

अमरकांत अपनी भाषा में चुन-चुनकर ग्राम्य शब्दों का प्रयोग करते हैं जैसे—हँडिया, गमछा, बड़कू, पनियाई, भर-कटोरा, अव्वल आदि। भाषा का स्वरूप सामान्य बोल-चाल की भाषा के निकट है। जो निम्न मध्यवर्गीय परिवार की स्थिति को उभारने में पूरी तरह सक्षम है। प्रभाव की समानता के बल पर उन्होंने कुछ अनूठी उपमाएँ दी हैं जैसे 'बच्चे के हाथ पैर बासी ककड़ियों की तरह सूखे और पेट हँडिया की तरह फूला हुआ था'। मुंशी जी का रोटी खाने का दृश्य भी ऐसा ही है। "रोटी के एक-एक ग्रास को इस तरह चुभला रहे थे जैसे बूढ़ी गाय जुगाली करती है।" कहानी की भाषा सर्वत्र सांकेतिक और व्यंजक है। शैली की दृष्टि से उसमें कहीं-कहीं रेखाचित्र के गुण दिखाई पड़ते और साथ ही एक आंतरिक नाटकीयता का भी सृजन होता है। यह नाटकीयता घटनाओं पर आश्रित नहीं है बल्कि अंतर्द्वंद्व और भाषा की व्यंजना शक्ति पर आश्रित है। कहानी अपने प्रभाव में हमारे पारिवारिक जीवन का करुण-त्रासद चित्र है।

दोपहर का भोजन

❑ अमरकांत

सिद्धेश्वरी ने खाना बनाने के बाद चूल्हे को बुझा दिया और दोनों घुटनों के बीच सिर रखकर शायद पैर की उँगलियाँ या जमीन पर चलते चींटे-चींटियों को देखने लगी। अचानक उसे मालूम हुआ कि बहुत देर से उसे प्यास लगी है। वह मतवाले की तरह उठी और गगरे से लोटा-भर पानी लेकर गट-गट चढ़ा गई। खाली पानी उसके कलेजे में लग गया और वह 'हाय राम' कहकर वहीं जमीन पर लेट गई।

आधे घंटे तक वहीं उसी तरह पड़ी रहने के बाद उसके जी में जी आया। वह बैठ गई, आँखों को मल-मलकर इधर-उधर देखा और फिर उसकी दृष्टि ओसारे में अध-टूटे खटोले पर सोए अपने छह वर्षीय लड़के प्रमोद पर जम गई। लड़का नंग-धड़ंग पड़ा था। उसके गले तथा छाती की हड्डियाँ साफ दिखाई देती थीं। उसके हाथ-पैर बासी ककड़ियों की तरह सूखे तथा बेजान पड़े थे और उसका पेट हंडिया की तरह फूला हुआ था। उसका मुख खुला हुआ था और उस पर अनगिनत मक्खियाँ उड़ रही थीं।

वह उठी, बच्चे के मुँह पर अपना एक फटा, गंदा ब्लाउज डाल दिया और एक-आध मिनट सुन्न खड़ी रहने के बाद बाहर दरवाजे पर जाकर किवाड़ की आड़ से गली निहारने लगी। बारह बज चुके थे। धूप अत्यंत तेज थी और कभी एक-दो व्यक्ति सिर पर तौलिया या गमछा रखे हुए या मजबूती से छाता ताने हुए, फुर्ती के साथ लपकते हुए-से गुजर जाते।

दस-पंद्रह मिनट तक वह उसी तरह खड़ी रही, फिर उसके चेहरे

पर व्यग्रता फैल गई और उसने आसमान तथा कड़ी धूप की ओर चिंता से देखा। एक-दो क्षण बाद उसने सिर को किवाड़ से काफी आगे बढ़ाकर गली के छोर की तरफ निहारा, तो उसका बड़ा लड़का रामचंद्र धीरे-धीरे घर की ओर सरकता नजर आया।

उसने फुर्ती से एक लोटा पानी ओसारे की चौकी के पास नीचे रख दिया और चौके में जाकर खाने के स्थान को जल्दी-जल्दी पानी से लीपने-पोतने लगी। वहाँ पीढ़ा रखकर उसने सिर को दरवाजे की ओर घुमाया ही था कि रामचंद्र ने अंदर कदम रखा।

रामचंद्र आकर धम-से चौकी पर बैठ गया और फिर वहीं बेजान-सा लेट गया। उसका मुँह लाल तथा चढ़ा हुआ था, उसके बाल अस्त-व्यस्त थे और उसके फटे-पुराने जूतों पर गर्द जमी हुई थी।

सिद्धेश्वरी की पहले हिम्मत नहीं हुई कि उसके पास आए और वहीं से वह भयभीत हिरनी की भाँति सिर उचका-घुमाकर बेटे को व्यग्रता से निहारती रही। किंतु, लगभग दस मिनट बीतने के पश्चात भी जब रामचंद्र नहीं उठा, तो वह घबरा गई। पास जाकर पुकारा—'बड़कू, बड़कू!' लेकिन उसके कुछ उत्तर न देने पर डर गई और लड़के की नाक के पास हाथ रख दिया। साँस ठीक से चल रही थी। फिर सिर पर हाथ रखकर देखा, बुखार नहीं था। हाथ के स्पर्श से रामचंद्र ने आँखें खोलीं। पहले उसने माँ की ओर सुस्त नजरों से देखा, फिर झट-से उठ बैठा। जूते निकालने और नीचे रखे लोटे के जल से हाथ-पैर धोने के बाद वह यंत्र की तरह चौकी पर आकर बैठ गया।

सिद्धेश्वरी ने डरते-डरते पूछा, "खाना तैयार है। यहीं लगाऊँ क्या?"

रामचंद्र ने उठते हुए प्रश्न किया, "बाबू जी खा चुके?"

सिद्धेश्वरी ने चौके की ओर भागते हुए उत्तर दिया, "आते ही होंगे।"

रामचंद्र पीढ़े पर बैठ गया। उसकी उम्र लगभग इक्कीस वर्ष की थी। लंबा, दुबला-पतला, गोरा रंग, बड़ी-बड़ी आँखें तथा होंठों पर झुर्रियाँ।

वह एक स्थानीय दैनिक समाचार पत्र के दफ्तर में अपनी तबीयत से प्रूफरीडरी का काम सीखता था। पिछले साल ही उसने इंटर पास किया था।

सिद्धेश्वरी ने खाने की थाली सामने लाकर रख दी और पास ही बैठकर पंखा करने लगी। रामचंद्र ने खाने की ओर दार्शनिक की भाँति देखा। कुल दो रोटियाँ, भर-कटोरा पनियाई दाल और चने की तली तरकारी।

रामचंद्र ने रोटी के प्रथम टुकड़े को निगलते हुए पूछा, "मोहन कहाँ है? बड़ी कड़ी धूप हो रही है।"

मोहन सिद्धेश्वरी का मँझला लड़का था। उम्र अट्ठारह वर्ष थी और वह इस साल हाईस्कूल का प्राइवेट इम्तहान देने की तैयारी कर रहा था। वह न मालूम कब से घर से गायब था और सिद्धेश्वरी को स्वयं पता नहीं था कि वह कहाँ गया है।

किंतु सच बोलने की उसकी तबीयत नहीं हुई और झूठ-मूठ उसने कहा, "किसी लड़के के यहाँ पढ़ने गया है, आता ही होगा। दिमाग उसका बड़ा तेज है और उसकी तबीयत चौबीस घंटे पढ़ने में ही लगी रहती है। हमेशा उसी की बात करता रहता है।"

रामचंद्र ने कुछ नहीं कहा। एक टुकड़ा मुँह में रखकर भरा गिलास पानी पी लिया गया, फिर खाने लग गया। वह काफी छोटे-छोटे टुकड़े तोड़कर उन्हें धीरे-धीरे चबा रहा था।

सिद्धेश्वरी भय तथा आतंक से अपने बेटे को एकटक निहार रही थी। कुछ क्षण बीतने के बाद डरते-डरते उसने पूछा, "वहाँ कुछ हुआ क्या?"

रामचंद्र ने अपनी बड़ी-बड़ी भावहीन आँखों से अपनी माँ को देखा, फिर नीचा सिर करके कुछ रुखाई से बोला, "समय आने पर सब ठीक हो जाएगा।"

सिद्धेश्वरी चुप रही। धूप और तेज होती जा रही थी। छोटे आँगन के ऊपर आसमान में बादल में एक-दो टुकड़े पाल की नावों की तरह तैर रहे थे। बाहर की गली से गुजरते हुए एक खड़खड़िया इक्के की आवाज आ रही थी। और खटोले पर सोए बालक की साँस का खर-खर शब्द सुनाई दे रहा था।

रामचंद्र ने अचानक चुप्पी को भंग करते हुए पूछा, "प्रमोद खा चुका?"'

सिद्धेश्वरी ने प्रमोद की ओर देखते हुए उदास स्वर में उत्तर दिया, "हाँ, खा चुका।"

"रोया तो नहीं था?"

सिद्धेश्वरी फिर झूठ बोल गई, "आज तो सचमुच नहीं रोया। वह बड़ा ही होशियार हो गया है। कहता था, बड़का भैया के यहाँ जाऊँगा। ऐसा लड़का..."

पर वह आगे कुछ न बोल सकी, जैसे उसके गले में कुछ अटक गया। कल प्रमोद ने रेवड़ी खाने की जिद पकड़ ली थी और उसके लिए डेढ़ घंटे तक रोने के बाद सोया था।

रामचंद्र ने कुछ आश्चर्य के साथ अपनी माँ की ओर देखा और फिर सिर नीचा करके कुछ तेजी से खाने लगा।

थाली में जब रोटी का केवल एक टुकड़ा शेष रह गया, तो सिद्धेश्वरी ने उठने का उपक्रम करते हुए प्रश्न किया, "एक रोटी और लाती हूँ?"

रामचंद्र हाथ से मना करते हुए हड़बड़ाकर बोल पड़ा, "नहीं-नहीं, जरा भी नहीं। मेरा पेट पहले ही भर चुका है। मैं तो यह भी छोड़नेवाला हूँ। बस, अब नहीं।"

सिद्धेश्वरी ने जिद की, "अच्छा आधी ही सही।"

रामचंद्र बिगड़ उठा, "अधिक खिलाकर बीमार डालने की तबीयत है क्या? तुम लोग जरा भी नहीं सोचती हो। बस, अपनी जिद। भूख रहती तो क्या ले नहीं लेता?"

सिद्धेश्वरी जहाँ-की-तहाँ बैठी ही रह गई। रामचंद्र ने थाली में बचे टुकड़े से हाथ खींच लिया और लोटे की ओर देखते हुए कहा, "पानी लाओ।"

सिद्धेश्वरी लोटा लेकर पानी लेने चली गई। रामचंद्र ने कटोरे को उँगलियों से बजाया, फिर हाथ को थाली में रख दिया। एक-दो क्षण बाद रोटी के टुकड़े को धीरे-से हाथ से उठाकर आँख से निहारा और अंत में इधर-उधर देखने के बाद टुकड़े को मुँह में इस सरलता से रख लिया, जैसे वह भोजन का ग्रास न होकर पान का बीड़ा हो।

मँझला लड़का मोहन आते ही हाथ-पैर धोकर पीढ़े पर बैठ गया। वह कुछ साँवला था और उसकी आँखें छोटी थीं। उसके चेहरे पर चेचक के दाग थे। वह अपने भाई ही की तरह दुबला-पतला था, किंतु उतना लंबा न था। वह उम्र की अपेक्षा कहीं अधिक गंभीर और उदास दिखाई पड़ रहा था।''

सिद्धेश्वरी ने उसके सामने थाली रखते हुए प्रश्न किया, ''कहाँ रह गए थे बेटा? भैया पूछ रहा था।''

मोहन ने रोटी के एक बड़े ग्रास को निगलने की कोशिश करते हुए अस्वाभाविक मोटे स्वर में जवाब दिया, ''कहीं तो नहीं गया था। यहीं पर था।''

सिद्धेश्वरी वहीं बैठकर पंखा डुलाती हुई इस तरह बोली, जैसे स्वप्न में बड़बड़ा रही हो, ''बड़का तुम्हारी बड़ी तारीफ कर रहा था। कह रहा था, मोहन बड़ा दिमागी होगा, उसकी तबीयत चौबीसों घंटे पढ़ने में ही लगी रहती है।'' यह कहकर उसने अपने मँझले लड़के की ओर इस तरह देखा, जैसे उसने कोई चोरी की हो।

मोहन अपनी माँ की ओर देखकर फीकी हँसी हँस पड़ा और फिर खाने में जुट गया। वह परोसी गई दो रोटियों में से एक रोटी कटोरे की तीन-चौथाई दाल तथा अधिकांश तरकारी साफ कर चुका था।

सिद्धेश्वरी की समझ में नहीं आया कि वह क्या करे। इन दोनों लड़कों से उसे बहुत डर लगता था। अचानक उसकी आँखें भर आईं। वह दूसरी ओर देखने लगी।

थोड़ी देर बाद उसने मोहन की ओर मुँह फेरा, तो लड़का लगभग खाना समाप्त कर चुका था।

सिद्धेश्वरी ने चौंकते हुए पूछा, ''एक रोटी देती हूँ?''

मोहन ने रसोई की ओर रहस्यमय नेत्रों से देखा, फिर सुस्त स्वर में बोला, ''नहीं।''

सिद्धेश्वरी ने गिड़गिड़ाते हुए कहा, ''नहीं बेटा, मेरी कसम, थोड़ी ही ले लो। तुम्हारे भैया ने एक रोटी ली थी।''

मोहन ने अपनी माँ को गौर से देखा, फिर धीरे-धीरे इस तरह उत्तर

दिया, जैसे कोई शिक्षक अपने शिष्य को समझाता है, "नहीं रे, बस, अव्वल तो अब भूख नहीं। फिर रोटियाँ तूने ऐसी बनाई हैं कि खाई नहीं जातीं। न मालूम कैसी लग रही हैं। खैर, अगर तू चाहती ही है, तो कटोरे में थोड़ी दाल दे दे। दाल बड़ी अच्छी बनी है।"

सिद्धेश्वरी से कुछ कहते न बना और उसने कटोरे को दाल से भर दिया।

मोहन कटोरे को मुँह से लगाकर सुड़-सुड़ पी रहा था कि मुंशी चंद्रिका प्रसाद जूतों को खस-खस घसीटते हुए आए और राम का नाम लेकर चौकी पर बैठ गए। सिद्धेश्वरी ने माथे पर साड़ी को कुछ नीचे खिसका लिया और मोहन दाल को एक साँस में पीकर तथा पानी के लोटे को हाथ में लेकर तेजी से बाहर चला गया।

दो रोटियाँ, कटोरा-भर दाल, चने की तली तरकारी। मुंशी चंद्रिका प्रसाद पीढ़े पर पालथी मारकर बैठे रोटी के एक-एक ग्रास को इस तरह चुभला-चबा रहे थे, जैसे बूढ़ी गाय जुगाली करती है। उनकी उम्र पैंतालीस वर्ष के लगभग थी, किंतु पचास-पचपन के लगते थे। शरीर का चमड़ा झूलने लगा था, गंजी खोपड़ी आईने की भाँति चमक रही थी। गंदी धोती के ऊपर अपेक्षाकृत कुछ साफ बनियान तार-तार लटक रही थी।

मुंशी जी ने कटोरे को हाथ में लेकर दाल को थोड़ा सुड़कते हुए पूछा, "बड़का दिखाई नहीं दे रहा?"

सिद्धेश्वरी की समझ में नहीं आ रहा था कि उसके दिल में क्या हो गया है—जैसे कुछ काट रहा हो। पंखे को जरा और जोर से घुमाती हुई बोली, "अभी-अभी खाकर काम पर गया है। कह रहा था, कुछ दिनों में नौकरी लग जाएगी। हमेशा, 'बाबू जी, बाबू जी' किए रहता है। बोला, बाबू जी देवता के समान हैं।"

मुंशी जी के चेहरे पर कुछ चमक आई। शरमाते हुए पूछा, "ऐं, क्या कहता था कि बाबू जी देवता के समान हैं? बड़ा पागल है।"

सिद्धेश्वरी पर जैसे नशा चढ़ गया था। उन्माद की रोगिणी की भाँति बड़बड़ाने लगी, "पागल नहीं है, बड़ा होशियार है। उस जमाने का कोई महात्मा है। मोहन तो उसकी बड़ी इज्जत करता है। आज कह रहा था

कि भैया की शहर में बड़ी इज्जत होती है, पढ़ने-लिखनेवालों में बड़ा आदर होता है और बड़का तो छोटे भाइयों पर जान देता है। दुनिया में वह सबकुछ सह सकता है, पर यह नहीं देख सकता कि उसके प्रमोद को कुछ हो जाए।''

मुंशी जी दाल लगे हाथ को चाट रहे थे। उन्होंने सामने की ताक की ओर देखते हुए हँसकर कहा, ''बड़का का दिमाग तो खैर काफी तेज है, वैसे लड़कपन में नटखट भी था। हमेशा खेल-कूद में लगा रहता था, लेकिन यह भी बात थी कि जो सबक मैं उसे याद करने को देता था, उसे बर्राक रखता था। असल तो यह कि तीनों लड़के काफी होशियार हैं। प्रमोद को कम समझती हो?'' यह कहकर वह अचानक जोर से हँस पड़े।

मुंशी जी डेढ़ रोटी खा चुकने के बाद एक ग्रास से युद्ध कर रहे थे। कठिनाई होने पर एक गिलास पानी चढ़ा गए। फिर खर-खर खाँसकर खाने लगे।

फिर चुप्पी छा गई। दूर से किसी आटे की चक्की की पुक-पुक आवाज सुनाई दे रही थी और पास की नीम के पेड़ पर बैठा कोई पंडूक लगातार बोल रहा था।

सिद्धेश्वरी की समझ में नहीं आ रहा था कि क्या कहे। वह चाहती थी कि सभी चीजें ठीक से पूछ ले। सभी चीजें ठीक से जान ले और दुनिया की हर चीज पर पहले की तरह धड़ल्ले से बात करे। पर उसकी हिम्मत नहीं होती थी। उसके दिल में जाने कैसा भय समाया हुआ था।

अब मुंशी जी इस तरह चुपचाप दुबके हुए खा रहे थे, जैसे पिछले दो दिनों से मौन-व्रत धारण कर रखा हो और उसको कहीं जाकर आज शाम को तोड़नेवाले हों।

सिद्धेश्वरी से जैसे नहीं रहा गया। बोली, ''मालूम होता है, अब बारिश नहीं होगी।''

मुंशी जी ने एक क्षण के लिए इधर-उधर देखा, फिर निर्विकार स्वर में राय दी, ''मक्खियाँ बहुत हो गई हैं।''

सिद्धेश्वरी ने उत्सुकता प्रकट की, ''फूफा जी बीमार हैं, कोई समाचार नहीं आया।''

मुंशी जी ने चने के दानों की ओर इस दिलचस्पी से दृष्टिपात किया, जैसे उनसे बातचीत करनेवाले हों। फिर सूचना दी, ''गंगाशरण बाबू की लड़की की शादी तय हो गई। लड़का एम. ए. पास है।''

सिद्धेश्वरी हठात चुप हो गई। मुंशी जी भी आगे कुछ नहीं बोले। उनका खाना समाप्त हो गया था और वे थाली में बचे-खुचे दानों को बंदर की तरह बीन रहे थे।

सिद्धेश्वरी ने पूछा, ''बड़का की कसम, एक रोटी देती हूँ। अभी बहुत-सी हैं।''

मुंशी जी ने पत्नी की ओर अपराधी के समान तथा रसोई की ओर कनखी से देखा, तत्पश्चात किसी छँटे उस्ताद की भाँति बोले, ''रोटी? रहने दो, पेट काफी भर चुका है। अन्न और नमकीन चीजों से तबीयत ऊब भी गई है। तुमने व्यर्थ में कसम धरा दी। खैर, कसम रखने के लिए ले रहा हूँ। गुड़ होगा क्या?''

सिद्धेश्वरी ने बताया कि हँडिया में थोड़ा-सा गुड़ है।

मुंशी जी ने उत्साह के साथ कहा, ''तो थोड़े गुड़ का ठंडा रस बनाओ, पीऊँगा। तुम्हारी कसम भी रह जाएगी, जायका भी बदल जाएगा, साथ-ही-साथ हाजमा भी दुरुस्त होगा। हाँ, रोटी खाते-खाते नाक में दम आ गया है।'' यह कहकर वे ठहाका मारकर हँस पड़े।

मुंशी जी के निबटने के पश्चात सिद्धेश्वरी उनकी जूठी थाली लेकर चौके की जमीन पर बैठ गई। बटलोई की दाल को कटोरे में उँड़ेल दिया, पर वह पूरा भरा नहीं। छिपुली में थोड़ी-सी चने की तरकारी बची थी, उसे पास खींच लिया। रोटियों की थाली को भी उसने पास खींच लिया। उसमें केवल एक रोटी बची थी। मोटी-भद्दी और जली उस रोटी को वह जूठी थाली में रखने जा रही थी कि अचानक उसका ध्यान ओसारे में सोए प्रमोद की ओर आकर्षित हो गया। उसने लड़के को कुछ देर तक एकटक देखा, फिर रोटी को दो बराबर टुकड़ों में विभाजित कर दिया। एक टुकड़े को तो अलग रख दिया और दूसरे टुकड़े को अपनी जूठी थाली में रख लिया। तदुपरांत एक लोटा पानी लेकर खाने बैठ गई। उसने पहला ग्रास मुँह में रखा और तब न मालूम कहाँ से उसकी आँखों से टप-टप आँसू चूने लगे।

सारा घर मक्खियों से भन-भन कर रहा था। आँगन की अलगनी पर एक गंदी साड़ी टँगी थी, जिसमें पैबंद लगे हुए थे। दोनों बड़े लड़कों का कहीं पता नहीं था। बाहर की कोठरी में मुंशी जी औंधे मुँह होकर निश्चिंतता के साथ सो रहे थे, जैसे डेढ़ महीने पूर्व मकान-किराया-नियंत्रण विभाग की क्लर्की से उनकी छँटनी न हुई हो और शाम को उनको काम की तलाश में कहीं जाना न हो...।

भीष्म साहनी

समकालीन हिंदी कहानी में भीष्म साहनी अपने समय और समाज को प्रगतिशील दृष्टि से प्रस्तुत करने वाले रचनाकार हैं। भीष्म साहनी का जन्म 8 अगस्त, 1915 को रावलपिंडी में हुआ। उन्होंने अंग्रेजी साहित्य में एम. ए., पी-एच.डी. किया। 1947 में देश-विभाजन के साथ वे दिल्ली आए। विभाजन की त्रासदी उनके कथा-साहित्य का एक मार्मिक पड़ाव है। वे कुछ समय मुंबई में रहे और फिर क्रमशः अंबाला और दिल्ली में अंग्रेजी के प्राध्यापक रहे। सात वर्ष तक वे 'विदेशी भाषा प्रकाशन गृह' मास्को से जुड़े रहे। अपने इस प्रवासकाल में उन्होंने रूसी भाषा का अध्ययन किया तथा अनेक रूसी पुस्तकों का अनुवाद भी किया।

उनके प्रमुख कहानी संग्रह हैं–'भाग्य रेखा', 'पटरियाँ', 'वाङ्चू', 'पहला पाठ', 'भटकती राख', 'शोभायात्रा', 'प्रतिनिधि कहानियाँ', 'चर्चित कहानियाँ'। 'झरोखे', 'कड़ियाँ', 'तमस', 'बसंती' 'नीलू, नीलिमा, नीलोफर' उनके उपन्यास हैं और नाटकों में प्रमुख हैं–'कबिरा खड़ा बाजार में', 'हानूश', 'आलमगीर'।

भीष्म साहनी की कहानियों में अपने युग-यथार्थ से गहरा लगाव है। इन कहानियों के माध्यम से उस युग के संघर्ष को भली-भाँति समझा जा सकता है। स्वतंत्रता के बाद जिस व्यापक स्तर पर शोषण, अवसरवाद और भ्रष्टाचार फैला उससे सामाजिक मूल्यों की नींव हिल गई। भीष्म साहनी उन स्थितियों को परत-दर-परत उघाड़ते हैं। उससे एक ओर व्यवस्था का अमानवीय चेहरा सामने आता है, वहीं दूसरी ओर व्यक्ति की लाचारी और

बेबसी की करुण कहानी भी पाठक पर खुलती है। इन सबका चित्रण करते हुए, कहानीकार की शक्ति इस प्रयत्न में सार्थक होती है कि वह इस यथास्थितिवादी जड़ता का विरोध कर संघर्षशील शक्तियों के पक्ष में खड़ा होता है। उनकी कहानियों में तत्कालीन जीवन स्थितियों के प्रति असंतोष के साथ-साथ परिवर्तनशील समाज का सपना भी है। अभिव्यक्ति के स्तर पर ये कहानियाँ सादगी भरी सोद्देश्य कला का उदाहरण हैं।

चीफ़ की दावत

'चीफ़ की दावत' कहानी आधुनिकता के मोह में व्यर्थ हो रहे मानवीय संबंधों की कहानी है। धन और सफलता की लिप्सा अनजाने ही व्यक्ति को असहज व संवेदनहीन बना देती है। इस कहानी में माँ और बेटे के संबंधों में अर्थप्रधान उपयोगितावादी दृष्टि के हस्तक्षेप से जो अंतर्विरोध उभर रहे हैं उनका सूक्ष्म विश्लेषण है।

आधुनिक समय ने एक नए परिवेश को जन्म दिया है। यहाँ सब कुछ इस बात से तय होता है कि आपकी आर्थिक हैसियत क्या है। इस कहानी में बूढ़ी-लाचार माँ, बेटे की पढ़ाई में अपना एक-एक जेवर तक बेच चुकी है। आज उसका बेटा पढ़ा-लिखा आधुनिक रोब-दाब वाला व्यक्ति बन गया है। एक तरह से माँ का समर्पण सफल हुआ है लेकिन इससे वह कैसा इंसान बना, अपनी माँ के त्याग और सेवा का उसकी नजरों में क्या महत्त्व है। यदि, यह प्रश्न करें तो हमारे सामने खड़ा यथार्थ अत्यंत अंधकारपूर्ण लगता है। कहानी का प्रारंभ ही चीफ़ की दावत के लिए घर में जोर शोर से चल रही तैयारी से होता है जहाँ शामनाथ स्वयं एक-एक चीज देख-परख रहे हैं और घर के फ़ालतू सामान को अलमारियों के पीछे छिपाते हुए उन्हें अपनी माँ का ध्यान आता है।

यह निश्चित है कि उस घर में माँ की स्थिति घर में यूँ ही पड़े फालतू सामान से अधिक कुछ भी नहीं है लेकिन विडंबना यह है कि उसे किसी अलमारी के पीछे नहीं छिपाया जा सकता। तरक्की की आशा में दी जा रही उस दावत के आडंबर भरे आयोजन में माँ एक पुराना धब्बा है और बेटे के लिए सबसे बड़ा झंझट। माँ को छिपाने के लिए तरह-तरह के विकल्प सोचे जाते हैं और फिर ऐसा हल ढूँढ़ लिया जाता है जिससे माँ मेहमानों के सामने न पड़ें।

कहानीकार ने विवश माँ के व्यक्तित्व का अंकन बड़ी बारीकी से किया है। बुढ़ापे के शरीर में दुर्बल-सी माँ जिनके सिर के बाल पके हुए हैं। सब समय माँ मुँह सिर लपेटे हाथ में माला पकड़े जाप करती रहती हैं। बेटे को माँ अनाकर्षक लगती है जो कुर्सी पर ठीक से बैठना नहीं जानती, सोते समय खर्राटे लेती है। उसकी बातचीत और व्यवहार बेटे को कुछ भी पंसद नहीं है। ऐसा नहीं है कि माँ इस सब स्थिति में स्वयं को अपमानित न महसूस करती हो। वह अपने बेटे की गृहस्थी में अपने आप को इस तरह फिट करने की कोशिश करती रहती हैं कि वे होकर भी वहाँ न हों। वह हर समय पुत्र से डरी सहमी भरसक यही प्रयत्न करती हैं कि स्वयं को अनुपस्थित बनाए रख सकें जिससे बेटे के साहब के आने पर कोई झंझट न हो।

दावत से पहले शामनाथ और माँ के बीच के संवाद यह सिद्ध करते हैं कि माँ और बेटा दो अलग-अलग छोरों पर खड़े हैं। उनके बीच कोई समान भूमि या आधार नहीं है जहाँ संप्रेषण संभव हो सके। शामनाथ माँ को हिदायतें दे रहे हैं 'जल्दी खाना खा लेना' लेकिन माँ का उत्तर सुनने का उन्हें धैर्य नहीं है। घर में मांस-मछली बने तो माँ खाना नहीं खातीं। वह खाएँगी या नहीं इससे शामनाथ को कोई फर्क नहीं पड़ता। वे उनकी किसी बात की ओर ध्यान नहीं देते। बस, वे आदेश देने की मुद्रा में कहते हैं–'जैसे भी हो, अपने काम से जल्दी निपट लेना।'

बॉस के आने पर कहानी दूसरी करवट लेती है। शामनाथ संतुष्ट है कि बॉस को उसका इंतजाम और बॉस की पत्नी को उनके घर के परदे पसंद आए हैं। नशे और सरूर भरे माहौल में एक बार फिर अटपटापन पैदा हो जाता है जब शामनाथ की व्यवस्था के विपरीत माँ अचानक अस्त-व्यस्त हालत में बॉस और मेहमानों के सामने पड़ जाती हैं। उस समय शामनाथ की प्रतिक्रिया अत्यंत अमानवीय हो जाती है। कुर्सी पर बैठकर सोती माँ को देख उन्हें इतना क्रोध आता है कि उनका जी चाहता है कि माँ को धक्का देकर उठा दें और कोठरी में धकेल दें लेकिन बॉस की प्रतिक्रिया देखकर यह समीकरण तुरंत बदल जाते हैं। विदेशी बॉस के लिए शामनाथ की ग्रामीण-अनपढ़ माँ दिलचस्पी का विषय है और शामनाथ घर के सामान की ही तरह माँ की भी नुमाइश करने से नहीं चूकते। उन सबके बीच अपने को कोसती माँ बहुत अटपटा महसूस कर रही है। फिर भी बॉस की फरमाइश पर बेटा कभी माँ को गाने का तो कभी फुलकारी बनाने का आदेश कर रहा है। अब अचानक माँ उसके लिए महत्त्वपूर्ण हो उठी हैं क्योंकि उनकी उपस्थिति से बॉस पर रंग जम रहा है। माँ उनकी तरक्की की सीढ़ी बन सकती हैं यह सोचकर ही मिस्टर शामनाथ झूम उठते हैं। माँ की बूढ़ी आँखें वह कर भी सकती हैं या नहीं यह सब उनकी सोच के दायरे में कभी नहीं आता। वहाँ अपने स्वार्थ से बढ़कर कुछ भी नहीं है। बेटे के हर तरह के दबावों को झेलती माँ सब कुछ सहकर भी प्रतिरोध नहीं करतीं। अपना अस्तित्व नहीं जतातीं। उन्होंने तो जैसे अपने बच्चों में ही अपने अस्तित्व को विलीन कर दिया है लेकिन उस सबके बीच भी माँ की असहायता पाठक से छिपी नहीं रहती।

कहानी का शीर्षक 'चीफ़ की दावत' भले ही हो लेकिन यह मुख्यतः माँ की कहानी है। 'चीफ़ की दावत' माँ की पीड़ा को और भी व्यंजकता के साथ उभारती है। सामान्य जन के प्रति

भीष्म साहनी की प्रतिबद्धता कथानक के चुनाव और चरित्र-चित्रण में साफ झलकती है। लेखक ने अपने आस-पास के जीवन से चरित्र उठाकर अपनी सूक्ष्म निरीक्षण शक्ति से ऐसे प्रसंगों को चुना है जो उनके जीवन की अंतर्वेदना को साकार करते हैं।

भीष्म साहनी की कहानियों में कथातत्त्व बहुत महत्त्वपूर्ण है यद्यपि यह कहानी भी नई कहानी के दौर की अन्य बहुत-सी कहानियों की तरह घटना प्रधान नहीं है लेकिन उसमें एक कहानीपन है। कथा का ढाँचा व्यक्ति के अंतर-बाह्य को उसकी परिस्थिति और परिवेश में एकमएक करके देखता है फिर भी कथावाचक या लेखक का अहसास इस रूप में बाकी रहता है कि कोई है जो आपके लिए एक के बाद दूसरा चित्र प्रस्तुत कर रहा है। पूरी कहानी फिल्म की तरह खुलती रहती है।

कहानी की भाषा उसके सादगी भरे शिल्प को जीवंत करती है। छोटे-छोटे वाक्यों में संयमित ढंग से बात-चीत की शैली में कहानी आगे बढ़ती है लेकिन अपने कथ्य को पूरी तीव्रता के साथ अभिव्यक्त करने में यह एक बेजोड़ कहानी है।

चीफ़ की दावत

❑ भीष्म साहनी

आज मिस्टर शामनाथ के घर चीफ़ की दावत थी। शामनाथ और उनकी धर्मपत्नी को पसीना पोंछने की फुर्सत न थी। पत्नी ड्रेसिंग गाउन पहने, उलझे हुए बालों का जूड़ा बनाए, मुँह पर फैली हुई सुर्खी और पाउडर को भूले और मिस्टर शामनाथ सिगरेट-पर-सिगरेट फूँकते हुए, चीज़ों की फेहरिस्त हाथ में थामे एक कमरे से दूसरे कमरे में आ-जा रहे थे।

आखिर पाँच बजते-बजते तैयारी मुकम्मल होने लगी। कुर्सियाँ, मेज, तिपाइयाँ, नैपकिन, फूल सब बरामदे में पहुँच गए। ड्रिंक का इंतजाम बैठक में कर दिया गया। अब घर का फालतू सामान अलमारियों के पीछे और पलंगों के नीचे छुपाया जाने लगा। तभी शामनाथ के सामने सहसा अड़चन खड़ी हो गई--माँ का क्या होगा?

इस बात की ओर न उनका और न उनकी कुशल गृहिणी का ध्यान गया था। मिस्टर शामनाथ श्रीमती की ओर घूमकर अंग्रेजी में बोले—माँ का क्या होगा? श्रीमती काम करते-करते ठहर गईं, और थोड़ी देर तक सोचने के बाद बोलीं--इन्हें पिछवाड़े इनकी सहेली के घर भेज दो। रातभर बेशक वहीं रहें कल आ जाएँ।

शामनाथ सिगरेट मुँह में रखे, सिकुड़ी आँखों से श्रीमती के चेहरे की ओर देखते हुए पलभर सोचते रहे, फिर सिर हिलाकर बोले—नहीं, मैं नहीं चाहता कि उस बुढ़िया का आना-जाना यहाँ फिर से शुरू हो। पहले ही बड़ी मुश्किल से बंद किया था। माँ से कहें कि जल्दी ही खाना खाकर

शाम को ही अपनी कोठरी में चली जाएँ। मेहमान कहीं आठ बजे आएँगे। इससे पहले ही अपने काम से निबट लें।

सुझाव ठीक था। दोनों को पसंद आया। मगर फिर सहसा श्रीमती बोल उठीं--जो वह सो गईं और नींद में खर्राटे लेने लगीं, तो? साथ ही तो बरामदा है, जहाँ लोग खाना खाएँगे।

—तो इन्हें कह देंगे कि अंदर से दरवाजा बंद कर लें। मैं बाहर से ताला लगा दूँगा। या माँ को कह देता हूँ कि अंदर जाकर सोएँ नहीं बैठी रहें, और क्या?

और जो सो गईं, तो? डिनर का क्या मालूम कब तक चले। ग्यारह-ग्यारह बजे तक तो तुम ड्रिंक ही करते रहते हो।

शामनाथ कुछ खीझ उठे, हाथ झटकते हुए बोले—अच्छी भली यह भाई के पास जा रही थी। तुमने यूँ ही खुद अच्छा बनने के लिए बीच में टाँग अड़ा दी।

—वाह! तुम माँ और बेटे की बातों में मैं क्यों बुरी बनूँ? तुम जानो और वह जानें।

मिस्टर शामनाथ चुप रहे। यह मौका बहस का न था। समस्या का हल ढूँढ़ने का था। उन्होंने घूमकर माँ की कोठरी की ओर देखा। कोठरी का दरवाजा बरामदे में खुलता था। बरामदे की ओर देखते हुए झट से बोले—मैंने सोच लिया है और उन्हीं कदमों माँ की कोठरी के बाहर जा खड़े हुए। माँ दीवार के साथ एक चौकी पर बैठी, दुपट्टे में मुँह-सिर लपेटे माला जप रही थीं।

सुबह से तैयारी होती देखते हुए माँ का भी दिल धड़क रहा था। बेटे के दफ्तर का बड़ा साहब घर पर आ रहा है, सारा काम सुभीते से चल जाय।

—माँ आज तुम खाना जल्दी खा लेना। मेहमान लोग साढ़े सात बजे आ जाएँगे।

माँ ने धीरे से मुँह पर से दुपट्टा हटाया और बेटे को देखते हुए कहा—आज मुझे खाना नहीं खाना है बेटा, तुम जानते तो हो, मांस मछली बने तो मैं कुछ नहीं खाती।

–जैसे भी हो, अपने काम से जल्दी निबट लेना।

–अच्छा बेटा।

–और माँ, हम लोग पहले बैठक में बैठेंगे। उतनी देर तुम यहाँ बरामदे में बैठना। फिर जब हम यहाँ आ जाएँ, तो तुम गुसलखाने के रास्ते बैठक में चली जाना।

माँ अवाक् बेटे का चेहरा देखने लगीं। फिर धीरे से बोलीं–अच्छा बेटा।

–और माँ आज जल्दी सो नहीं जाना। तुम्हारे खर्राटों की आवाज दूर तक जाती है।

माँ लज्जित-सी आवाज में बोलीं–क्या करूँ बेटा, मेरे बस की बात नहीं है। जब से बीमारी से उठी हूँ, नाक से साँस नहीं ले सकती।

मिस्टर शामनाथ ने इंतजाम तो कर दिया फिर भी उनकी उधेड़-बुन खत्म नहीं हुई। जो चीफ़ अचानक इधर आ निकला तो? आठ-दस मेहमान होंगे, देसी अफसर और उनकी स्त्रियाँ होंगी। कोई भी गुसलखाने की तरफ जा सकता है। क्षोभ और क्रोध में वह फिर झुँझलाने लगे। एक कुर्सी को उठाकर बरामदे में कोठरी के बाहर रखते हुए बोले–आओ माँ, इस पर जरा बैठो तो।

माँ माला सँभालती, पल्ला ठीक करती उठीं, और धीरे से कुर्सी पर आकर बैठ गईं।

–यूँ नहीं माँ, टाँगें ऊपर चढ़ाकर नहीं बैठते। यह खाट नहीं है।

माँ ने टाँगें नीचे उतार लीं।

–और खुदा के वास्ते नंगे पाँव नहीं घूमना, न ही वह खड़ाऊँ पहनकर सामने आना। किसी दिन तुम्हारी वह खड़ाऊँ उठाकर मैं बाहर फेंक दूँगा।

माँ चुप रहीं।

–कपड़े कौन से पहनोगी, माँ?

–जो हैं, वही पहनूँगी, बेटा! जो कहो पहन लूँ।

मिस्टर शामनाथ सिगरेट मुँह में रखे, फिर अधखुली आँखों से माँ की ओर देखने लगे, और माँ के कपड़ों की सोचने लगे। शामनाथ हर बात में तरतीब चाहते थे। घर का सब संचालन उनके अपने हाथ में था।

खूँटियाँ कमरों में कहाँ लगाई जाएँ, बिस्तर कहाँ पर बिछें, किस रंग के पर्दे लगाए जाएँ, श्रीमती कौन-सी साड़ी पहनें, मेज किस साइज की हो—शामनाथ को चिंता थी कि अगर चीफ़ का साक्षात् माँ से हो गया तो कहीं लज्जित न होना पड़े। माँ को सिर से पाँव तक देखते हुए बोले—तुम सफेद कमीज और सफेद सलवार पहन लो, माँ। पहन के आओ तो जरा देखूँ।

माँ धीरे से उठीं और अपनी कोठरी में कपड़े पहनने चली गईं।

—यह माँ का झमेला ही रहेगा—उन्होंने फिर अंग्रेजी में अपनी स्त्री से कहा—कोई ढंग की बात हो तो भी कोई कहे। अगर कहीं उल्टी-सीधी बात हो गई, चीफ़ को बुरा लगा तो सारा मजा जाता रहेगा।

माँ सफेद कमीज और सफेद सलवार पहनकर बाहर निकलीं। छोटा-सा कद, सफेद कपड़ों में लिपटा, छोटा-सा सूखा हुआ शरीर, धुँधली आँखें, केवल सिर के आधे झड़े हुए बाल पल्ले की ओट में छिप पाए थे। पहले से कुछ ही कम कुरूप नजर आ रही थीं।

—चलो ठीक है। कोई चूड़ियाँ-वूड़ियाँ हों, तो वह भी पहन लो। कोई हर्ज नहीं।

—चूड़ियाँ कहाँ से लाऊँ बेटा, तुम तो जानते हो सब जेवर तुम्हारी पढ़ाई में बिक गए।

यह वाक्य शामनाथ को तीर की तरह लगा। तिनककर बोला—यह कौन-सा राग छेड़ दिया, माँ। सीधा कह दो, नहीं हैं जेवर, बस। इससे पढ़ाई-वढ़ाई का क्या ताल्लुक है? जो जेवर बिका, तो कुछ बनकर ही आया हूँ। निरा लंडूरा तो नहीं लौट आया। जितना दिया था उससे दुगुना ले लेना।

—मेरी जीभ जल जाए, बेटा, तुमसे जेवर लूँगी? मेरे मुँह से यूँ ही निकल गया। जो होते, तो लाख बार पहनती।

साढ़े पाँच बज चुके थे। अभी मिस्टर शामनाथ को खुद भी नहा-धोकर तैयार होना था। श्रीमती कब की अपने कमरे में जा चुकी थीं। शामनाथ जाते हुए माँ को फिर एक बार हिदायत करते गए—माँ, रोज की तरह गुमसुम बनकर नहीं बैठी रहना। अगर साहब इधर आ निकलें और कोई

बात पूछें, तो ठीक तरह से बात का जवाब देना।

—मैं न पढ़ी, न लिखी, बेटा, मैं क्या बात करूँगी। तुम कह देना माँ अनपढ़ है, कुछ जानती-समझती नहीं। वह नहीं पूछेगा।

सात बजते-बजते माँ का दिल धक-धक करने लगा। अगर चीफ़ सामने आ गया और उसने कुछ पूछा, तो वह क्या जवाब देंगी? अंग्रेज को तो दूर से ही देखकर वह घबरा उठती थीं, यह तो अमरीकी है। न मालूम क्या पूछे। मैं क्या कहूँगी। माँ का जी चाहा कि चुपचाप पिछवाड़े विधवा सहेली के घर चली जाएँ। मगर बेटे के हुक्म को कैसे टाल सकती थीं। चुपचाप कुर्सी पर से टाँगें लटकाए वहीं बैठी रहीं।

एक क़ामयाब पार्टी वह है जिसमें ड्रिंक कामयाबी से चल जाए। शामनाथ की पार्टी सफलता के शिखर चूमने लगी। वार्तालाप उसी रौ में बह रहा था जिस रौ में गिलास भरे जा रहे थे। कहीं कोई रुकावट न थी कोई अड़चन न थी। साहब को व्हिस्की पसंद आई थी। मेमसाहब को पर्दे पसंद आए थे, सोफा-कवर का डिजाइन पसंद आया था, कमरे की सजावट पसंद आई थी। इससे बढ़कर क्या चाहिए। साहब तो ड्रिंक के दूसरे दौर में ही चुटकुले और कहानियाँ कहने लग गए थे। दफ्तर में जितना रोब रखते थे, यहाँ पर उतने ही दोस्त-परवर हो रहे थे। और उनकी स्त्री, काला गाउन पहने, गले में सफेद मोतियों का हार, सेंट और पाउडर की महक से ओत-प्रोत, कमरे में बैठी सभी देशी स्त्रियों की आराधना का केंद्र बनी हुई थीं। बात-बात पर हँसतीं, बात-बात पर सिर हिलातीं। और शामनाथ की स्त्री से तो ऐसे बातें कर रही थीं, जैसे उनकी पुरानी सहेली हों।

और इसी रौ में पीते-पिलाते साढ़े दस बज गए। वक्त गुजरता पता ही न चला। आखिर सब लोग अपने-अपने गिलासों में से आखिरी घूँट पीकर खाना खाने के लिए उठे और बैठक से बाहर निकले। आगे-आगे शामनाथ रास्ता दिखाते हुए पीछे चीफ़ और दूसरे मेहमान। बरामदे में पहुँचते ही शामनाथ सहसा ठिठक गए। जो दृश्य उन्होंने देखा, उससे उनकी टाँगें लड़खड़ा गईं, और क्षणभर में सारा नशा हिरन होने लगा। बरामदे में ऐन

कोठरी के बाहर माँ अपनी कुर्सी पर ज्यों-की-त्यों बैठी थीं, मगर दोनों पाँव कुर्सी की सीट पर रखे हुए और सिर दाएँ से बाएँ, और बाएँ से दाएँ झूल रहा था और मुँह में से लगातार गहरे खर्राटों की आवाजें आ रही थीं। जब सिर कुछ देर के लिए टेढ़ा होकर एक तरफ को थम जाता, तो खर्राटे और भी गहरे हो उठते। और फिर जब झटके से नींद टूटती, तो सिर फिर दाएँ से बाएँ झूलने लगता। पल्ला सिर पर से खिसक आया था, और माँ के झड़े हुए बाल, आधे गंजे सिर पर अस्त-व्यस्त बिखर रहे थे।

देखते ही शामनाथ क्रुद्ध हो उठे। जी चाहा कि माँ को धक्का देकर उठा दें, और उन्हें कोठरी में ढकेल दें, मगर ऐसा करना संभव न था। चीफ़ और बाकी मेहमान पास खड़े थे। माँ को देखते ही देसी अफसरों की कुछ स्त्रियाँ हँस दीं कि इतने में चीफ़ ने धीरे से कहा—पूअर डियर।

माँ हड़बड़ाकर उठ बैठीं। सामने खड़े इतने लोगों को देखकर ऐसी घबराईं कि कुछ कहते न बना। झट से पल्ला सिर पर रखती हुई खड़ी हो गईं और जमीन को देखने लगीं। उनके पाँव लड़खड़ाने लगे और हाथों की अँगुलियाँ थर-थर काँपने लगीं।

—माँ, तुम जाकर सो जाओ, तुम क्यों इतनी देर तक जाग रही थीं?—और खिसियाई हुई नजरों से शामनाथ चीफ़ के मुँह की ओर देखने लगे।

चीफ़ के चेहरे पर मुस्कुराहट थी। वह वहीं खड़े-खड़े बोले—नमस्ते।

माँ ने झिझकते हुए अपने में सिमटते हुए दोनों हाथ जोड़े मगर एक हाथ दुपट्टे के अंदर माला को पकड़े हुए था, दूसरा बाहर। ठीक तरह से नमस्ते भी न कर पाईं। शामनाथ इस पर भी खिन्न हो उठे। इतने में चीफ़ ने अपना दायाँ हाथ, हाथ मिलाने के लिए माँ के आगे किया। माँ और भी घबरा उठीं।

—माँ, हाथ मिलाओ।

पर हाथ कैसे मिलातीं, दाएँ हाथ में तो माला थी। घबराहट में माँ ने बायाँ हाथ ही साहब के दाएँ हाथ में रख दिया। शामनाथ दिल-ही-दिल में जल उठे। देसी अफसरों की स्त्रियाँ खिलखिलाकर हँस पड़ीं।

—यूँ नहीं, माँ! तुम तो जानती हो, दायाँ हाथ मिलाया जाता है। दायाँ हाथ मिलाओ। मगर तब तक चीफ़ माँ का बायाँ हाथ ही बार-बार हिलाकर कह रहे थे—हौ डू यू डू?

—कहो, माँ, मैं ठीक हूँ, खैरियत से हूँ।

माँ कुछ बड़बड़ाई।

—माँ कहती हैं, मैं ठीक हूँ। कहो माँ, हौ डू यू डू?

माँ धीरे से सकुचाते हुए बोलीं—हौ डू डू...

एक बार फिर कहकहा उठा।

वातावरण हल्का होने लगा। साहब ने स्थिति सँभाल ली थी। लोग हँसने-चहकने लगे थे। शामनाथ के मन का क्षोभ भी कुछ-कुछ कम होने लगा था।

साहब अपने हाथ में माँ का हाथ अब भी पकड़े हुए थे, और माँ सिकुड़ी जा रही थीं। साहब के मुँह से शराब की बू आ रही थी।

शामनाथ अंग्रेजी में बोले—मेरी माँ गाँव की रहनेवाली हैं। उमर-भर गाँव में रही हैं। इसलिए आपसे लजाती हैं।

साहब इस पर खुश नजर आए। बोले—सच, मुझे गाँव के लोग बहुत पसंद हैं। तब तो तुम्हारी माँ गाँव के गीत और नाच भी जानती होंगी?—चीफ़ खुशी से सिर हिलाते हुए माँ को टकटकी बाँधे देखने लगे।

—माँ, साहब कहते हैं, कोई गाना सुनाओ कोई पुराना गीत, तुम्हें तो कितने ही याद होंगे।

माँ धीरे से बोलीं—मैं क्या गाऊँगी बेटा। मैंने कब गाया है।

—वाह माँ! मेहमान का कहा भी कोई टालता है? साहब ने इतनी रीझ से कहा है, नहीं गाओगी तो साहब बुरा मानेंगे।

—मैं क्या गाऊँ बेटा, मुझे क्या आता है?

—वाह! कोई बढ़िया टप्पे सुना दो। दो पत्तर अनाराँ दे...

देसी अफसर और उनकी स्त्रियों ने इस सुझाव पर तालियाँ पीटीं। माँ कभी दीन दृष्टि से बेटे के चेहरे को देखतीं कभी पास खड़ी बहू के चेहरे को।

इतने में बेटे ने गंभीर आदेश भरे लहजे में कहा—माँ।

इसके बाद हाँ या ना का सवाल ही न उठता था। माँ बैठ गईं और क्षीण, दुर्बल लरजती आवाज में एक पुराना विवाह का गीत गाने लगीं :

हरिया नी माये, हरिया नी भैणे
हरिया ते भागी भरिया है!

देसी स्त्रियाँ खिलखिलाकर हँस उठीं। तीन पंक्तियाँ गाकर माँ चुप हो गईं।

बरामदा तालियों से गूँज उठा। साहब तालियाँ पीटना बंद ही न करते थे। शामनाथ की खीझ प्रसन्नता और गर्व में बदल उठी थी। माँ ने पार्टी में नया रंग भर दिया था।

तालियाँ थमने पर साहब बोले—पंजाब के गाँवों की दस्तकारी क्या है?

शामनाथ खुशी में झूम रहे थे। बोले—ओ, बहुत कुछ साहब! मैं आपको एक सेट उन चीजों का भेंट करूँगा। आप उन्हें देखकर खुश होंगे।

मगर साहब ने सिर हिलाकर अंग्रेजी में फिर पूछा—नहीं मैं दुकानों की चीज नहीं माँगता। पंजाबियों के घरों में क्या बनता है, औरतें खुद क्या बनाती हैं?

शामनाथ कुछ सोचते हुए बोले—लड़कियाँ गुड़ियाँ बनाती हैं, औरतें फुलकारियाँ बनाती हैं।

—फुलकारी क्या है?

शामनाथ फुलकारी का मतलब समझाने की असफल चेष्टा करने के बाद माँ से बोले—क्यों माँ, कोई पुरानी फुलकारी घर में है?

माँ चुपचाप अंदर गईं और अपनी पुरानी फुलकारी उठा लाईं।

साहब बड़ी रुचि से फुलकारी देखने लगे। पुरानी फुलकारी थी। जगह-जगह से उसके तागे टूट रहे थे और कपड़ा फटने लगा था। साहब की रुचि को देखकर शामनाथ बोले—यह फटी हुई है साहब, मैं आपको नई बनवा दूँगा। माँ बना देंगी। क्यों माँ साहब को फुलकारी बहुत पसंद है, इन्हें एक ऐसी ही फुलकारी बना दोगी न?

माँ चुप रहीं। फिर डरते-डरते धीरे से बोलीं—अब मेरी नजर कहाँ है, बेटा। बूढ़ी आँखें क्या देखेंगी।

मगर माँ का वाक्य बीच ही में तोड़ते हुए, शामनाथ साहब से बोले—वह जरूर बना देंगी। आप उसे देखकर खुश होंगे।

साहब ने सिर हिलाया, धन्यवाद किया और हल्के-हल्के झूमते हुए खाने की मेज की ओर बढ़ गए। बाकी मेहमान भी उनके पीछे-पीछे हो लिए।

जब मेहमान बैठ गए और माँ पर से सबकी आँखें हट गईं तो माँ धीरे से कुर्सी पर से उठीं और सबसे नजरें बचाती हुई अपनी कोठरी में चली गईं।

मगर कोठरी में बैठने की देर थी कि आँखों से छलछल आँसू बहने लगे। वह दुपट्टे से बार-बार उन्हें पोंछतीं, पर वह बार-बार उमड़ आते, जैसे बरसों का बाँध तोड़कर उमड़ आए हों। माँ ने बहुतेरा दिल को समझाया, हाथ जोड़े, भगवान् का नाम लिया, बेटे के चिरायु होने की प्रार्थना की, बार-बार आँखें बंद कीं, मगर आँसू बरसात के पानी की तरह जैसे थमने में ही न आते थे।

आधी रात का वक्त होगा। मेहमान खाना खाकर एक-एक करके जा चुके थे। माँ दीवार से सटकर बैठीं आँखें फाड़े दीवार को देखे जा रही थीं। घर के वातावरण में तनाव ढीला पड़ चुका था। मुहल्ले की निस्तब्धता शामनाथ के घर पर भी छा चुकी थी। केवल रसोई में प्लेटों के खनकने की आवाज आ रही थी। तभी सहसा माँ की कोठरी का दरवाजा जोर से खटकने लगा।

—माँ, दरवाजा खोलो।

माँ का दिल बैठ गया। हड़बड़ाकर उठ बैठीं। क्या मुझसे फिर कोई भूल हो गई। माँ कितनी देर से अपने-आपको कोस रही थीं कि क्यों उन्हें नींद आ गई, क्यों वह ऊँघने लगीं। क्या बेटे ने अभी तक क्षमा नहीं किया? माँ उठीं और काँपते हाथों से दरवाजा खोल दिया।

दरवाजा खुलते ही शामनाथ झूमते हुए आगे बढ़ आए और माँ को आलिंगन में भर लिया।

—ओ अम्मी! तुमने तो आज रंग ला दिया। साहब तुमसे इतना खुश हुआ कि क्या कहूँ? ओ अम्मी! अम्मी!

माँ की छोटी-सी काया सिमटकर बेटे के आलिंगन में छिप गई। माँ की आँखों में फिर आँसू आ गए। उन्हें पोंछते हुए धीरे से बोलीं—बेटा, तुम मुझे हरिद्वार भेज दो। मैं कब से कह रही हूँ।

शामनाथ का झूमना सहसा बंद हो गया और उनकी पेशानी पर फिर तनाव के बल पड़ने लगे। उनकी बाँहें माँ के शरीर पर से हट आईं।

—क्या कहा, माँ? यह कौन-सा राग तुमने फिर छेड़ दिया?

शामनाथ का क्रोध बढ़ने लगा था, बोलते गए—तुम मुझे बदनाम करना चाहती हो, माँ! ताकि दुनिया कहे कि बेटा माँ को अपने पास नहीं रख सकता।

—नहीं बेटा, अब तुम अपनी बहू के साथ जैसा मन चाहे रहो। मैंने अपना खा-पहन लिया। अब यहाँ क्या करूँगी। जो थोड़े दिन जिंदगानी के बाकी हैं, भगवान का नाम लूँगी। तुम मुझे हरिद्वार भेज दो!

—तुम चली जाओगी, तो फुलकारी कौन बनाएगा? साहब से तुम्हारे सामने ही फुलकारी देने का इकरार किया है।

—मेरी आँखें अब नहीं हैं, बेटा, जो फुलकारी बना सकूँ। तुम कहीं और से बनवा लो। बनी-बनाई ले लो।

—माँ तुम मुझे धोखा देकर यूँ चली जाओगी? मेरा बनता काम बिगाड़ोगी? जानती नहीं, साहब खुश होगा, तो मुझे तरक्की मिलेगी। माँ चुप हो गईं। फिर बेटे के मुँह की ओर देखती हुई बोलीं—क्या तेरी तरक्की होगी? क्या साहब तेरी तरक्की कर देगा? क्या उसने कुछ कहा है?

—कहा नहीं, मगर देखती नहीं, कितना खुश गया है। कहता था, जब तेरी माँ फुलकारी बनाना शुरू करेंगी, तो मैं देखने आऊँगा कि कैसे बनाती हैं। जो साहब खुश हो गया, तो मुझे इससे बड़ी नौकरी भी मिल सकती है। मैं बड़ा अफसर बन सकता हूँ।

माँ के चेहरे का रंग बदलने लगा। धीरे-धीरे उनका झुर्रियों-भरा मुँह खिलने लगा, आँखों में हल्की-हल्की चमक आने लगी।

—तो तेरी तरक्की होगी, बेटा।

—तरक्की यूँ ही हो जाएगी? साहब को खुश रखूँगा, तो कुछ करेगा, वरना उसकी खिदमत करनेवाले क्या थोड़े हैं?

—तो मैं बना दूँगी, बेटा, जैसा बन पड़ेगा बना दूँगी।

और माँ दिल-ही-दिल में फिर बेटे के उज्ज्वल भविष्य की कामनाएँ करने लगीं। और मिस्टर शामनाथ—अब सो जाओ, माँ।—कहते हुए, तनिक लड़खड़ाते हुए अपने कमरे की ओर घूम गए।

ममता कालिया

हिंदी कथा-साहित्य को समृद्ध करने वाली लेखिकाओं में ममता कालिया का महत्त्वपूर्ण स्थान है। उनका जन्म 2 नवंबर, 1940 को वृंदावन में हुआ। साहित्य की दीक्षा उन्हें अपने परिवार से ही मिली। पिता की नौकरी के कारण उनकी शिक्षा—नागपुर, मुंबई, पुणे, इंदौर, तथा दिल्ली में हुई। उन्होंने अंग्रेजी साहित्य में एम. ए. किया। 1960 से वे निरंतर साहित्य रचना कर रही हैं। ममता कालिया ने कविता, कहानी, उपन्यास और नाटक सभी विधाओं में रचना की।

इसके अतिरिक्त अपने समाज में स्त्री की स्थिति पर उन्होंने अनेक स्तंभ व लेख लिखे हैं। वे अंग्रेजी में कविताएँ भी लिखती रही हैं।

उनके प्रमुख कहानी संग्रह हैं—'छुटकारा', 'सीट नंबर छह', 'उसका यौवन', 'जाँच अभी जारी है', 'प्रतिदिन', 'बोलने वाली औरत', 'चर्चित कहानियाँ'। उपन्यासों में—'बेघर', 'नरक दर नरक', 'एक पत्नी के नोट्स' प्रमुख हैं। कविता के क्षेत्र में उनकी प्रमुख रचनाएँ हैं—'ए ट्रिब्यूट टू पापा' और 'पोयम्स'। उन्होंने अनेक पुस्तकों का संपादन भी किया है।

ममता कालिया के लेखन का मूल बिंदु है नारी मनोविज्ञान और सामाजिक विसंगतियों का प्रतिरोध। उन्होंने बड़ी कुशलता से अपने आस-पास के जीवन में मध्यवर्गीय व्यक्ति की विडंबनाओं को अपनी कहानियों का कथ्य बनाया है। जिन स्थितियों को हम रोजमर्रा की जिंदगी का हिस्सा मानकर उपेक्षित कर देते हैं उन्हें लेखिका कहानी की कल्पित स्थिति में इस तरह सँजोती हैं कि उसके अनेक अर्थ खुलने लगते हैं। परंपरागत जीवन

दृष्टि के प्रति नकार का भाव, रूढ़िगत सामाजिक-मूल्यों का बहिष्कार और नये खुले जीवन-बोध के प्रति उत्साह उनकी कहानियों में साफ झलकता है।

ममता कालिया ने नारी जीवन के विविध पक्षों को आधुनिक स्थितियों और संदर्भों में रखकर प्रस्तुत किया है। घर-परिवार की सीमित चारदीवारी के बाहर मध्यवर्गीय शिक्षित स्त्री की आशा-आकांक्षाओं, संघर्ष और सपनों का संवेदनशील मार्मिक अंकन उनकी कहानियों की पहचान है।

उमस

ममता कालिया की कहानी 'उमस' परिवार के बँधे-बँधाये ढाँचे में एक स्त्री की ऊब और घुटन भरी जिंदगी का शब्द-चित्र है। आदर्श स्थिति में, परिवार संबंधों की गरमाहट से भरा सुरक्षित घरौंदा है जिसमें व्यक्ति बाहर की आपा-धापी भरी जिंदगी से बचकर आश्रय पा सकता है लेकिन यह आदर्श स्थिति अधिकांशतः नहीं होती। सामान्यतः परिवार की व्यवस्था इतनी दमघोंटू और शोषक बन जाती है कि व्यक्ति का उसमें साँस लेना भी कठिन हो जाए। स्त्री के लिए यह स्थिति और भी विकट है क्योंकि उसके अस्तित्व को जानना-समझना और विकसित होने देना कभी भी मध्यवर्गीय परिवार की प्राथमिकता नहीं रहा। उसे तो बस निश्चित साँचों में ढलते चले जाना होता है। राहें पहले से तय कर दी गई हैं, उसे उन्हीं पर चलना है बिना विरोध किए और बिना अपनी इच्छा-अनिच्छा जाहिर किए।

उमस कहानी की रानी ऐसी आदर्श बहू, पत्नी और माँ नहीं है। इसीलिए उसे उसका घर, घर से ज्यादा कब्र लगता है जहाँ वह दफन होती जा रही है लेकिन कब्र की-सी शांति भी वहाँ नहीं है।

कहानी की केंद्रीय पात्र रानी तेज-तर्रार आदमी की गोल-मोल

ढुल-मुल सी पत्नी है। पति-पत्नी की जीवन-शैली और जीवन के प्रति दृष्टिकोण में बहुत अंतर है। पति के दोस्त जल्दी-जल्दी बदलते हैं। वह तेज रफ़्तार जिंदगी जीता है और पत्नी अपनी निरंतरता में जीती है अर्थात् वह अपने दिलो-दिमाग में चीजों को बहुत जल्दी नहीं बदल सकती। उसके मन में चीजों का एक क्रम है, एक गति है जिसे वह तेजी से झटककर आगे बढ़ने में विश्वास नहीं रखती। इसलिए उसे लगता है कि उसका पति लगातार समकालीन बना रहता है जबकि वह स्वयं तत्कालीन होती जाती है।

घर के छोटे-छोटे कामों को पूरा करने में उसे देर लगती है। एक काम करती तो दूसरा अधूरा रह जाता, दूसरे पर ध्यान देती तो कहीं से एक और काम उठ खड़ा होता। उसे महसूस होता वह काम के बोझ में दबी जा रही है। सुबह से रात तक काम करते-करते ही 'वह एक हाय-हाय व्यक्तित्व बन जाती।' लेकिन इतनी कोशिश करने पर भी वह किसी को खुश नहीं कर पाती।

उसकी सास, उसके पति और उसके पुत्र—सबको उससे अलग-अलग शिकायतें हैं। सास के लिए यह बहुत जरूरी है कि उनकी बहू अपना जीवन अपनी तरह जीने की कोशिश न करे बस जैसा वह चाहती हैं, जैसा वह कहती हैं उसे आँख मूँदकर वही करती रहे। पति को भी उसकी सभी बातें बेतुकी जान पड़तीं। उसका कुछ भी बोलना उसके लिए असह्य है। परिवार में माँ की ऐसी स्थिति देखकर बेटा भी उस पर झुँझलाता है।

हर रोज कुछ न कुछ ऐसा होता ही रहता है जिसमें रानी खुद को फँसा हुआ महसूस करती है। घर के बाकी लोग कहते कि दुनिया जेट रफ्तार से चल रही है जबकि वह पैसेंजर ट्रेन की सुस्त गति से आगे बढ़ रही है लेकिन वह इसे स्वीकार नहीं कर सकती। उसकी समस्या तो यह है कि जो भी काम वह कर रही है उसमें कुछ भी रचनात्मक या रोचक नहीं है। वह सब तो बोझ ढोने की तरह है। सब उसे ही बदलने की कोशिश

में लगे रहते हैं जबकि सब में अपनी-अपनी कमजोरियाँ हैं। वह अनुभव करती, समझती लेकिन बोलती नहीं क्योंकि बोलने से घर का माहौल खराब हो जाता है। कभी-कभी उससे तंग आकर उसका पति कहता कि नौकर रख लेते हैं शायद नौकर उन सबके काम ज्यादा सुचारु ढंग से कर सकता था बिना किसी विरोध या प्रतिवाद के। उसकी स्थिति तो नौकर से भी खराब है।

कहानी का अंतिम दृश्य नारी के जीवन की दुख भरी कहानी का चरमोत्कर्ष है।

सब टी. वी. पर क्रिकेट मैच देख रहे हैं रानी वेंगसरकर को कपिलदेव कह देती है क्योंकि उसके मन की निरंतरता में दोनों की शक्लें एक जैसी हैं। बेटा और पति दोनों नाराज हो जाते हैं। बस फिर वही प्रताड़ना। उससे 'मुक्ति के लिए वह रसोई में लौट जाती है' फिर बिस्तर पर औंधे मुँह लेट जाती है। तभी उसे खयाल आता है जैसे वह कब्र में है और उसके आस-पास गहरा अँधेरा है। उसे लगता है कब्र में उसे वह सब मिल सकता है जो जिंदगी की खट-खट में नहीं मिलता। वह अपने फैसले लेने को स्वतंत्र होगी। उसे गलतियाँ करने की भी आजादी होगी। घर, फोन, घंटी कुछ भी उसके अपने साम्राज्य में बाधा नहीं पहुँचा सकेंगे। जैसा विडंबनापूर्ण जीवन वह जी रही थी उससे तो उसके लिए कब्र की कल्पना ही ज्यादा सुखद है।

स्त्री के 'स्व' को इस तरह ख़त्म करना, हर क्षण की मानसिक पीड़ा एक प्रकार की हिंसा ही है। ममता कालिया सादगी भरे अंदाज में इस पारिवारिक हिंसा को उजागर करती हैं। सदियों से स्त्री की महानता के नाम पर वह परिवार के लिए असंख्य बलिदान करती आई है। तिल-तिल कर मिटती रही है लेकिन उसका मिटना भी उसे उसका अधिकार या सम्मान नहीं दे पाये।

ममता कालिया ने इस कहानी में वर्णनात्मकता और नाटकीयता का सुंदर समन्वय किया है। संवाद हों या विवरण लेखिका को भाषा पर पूरा अधिकार है। सहज-सरल, आम बोल-चाल की

भाषा में ममता जी ने अपनी संवेदनशीलता से अर्थ की गंभीरता पैदा की है। कहानी की संवेदना शब्दों की सीमा से बहुत ऊपर है। इसलिए वह एक कारुणिक प्रभाव उत्पन्न करती है। यद्यपि कहानी में अलग-अलग स्थितियों को सप्राण करने के उद्देश्य से कहानीकार ने संवादों का सहारा लिया है लेकिन वे सभी संवाद अत्यंत संक्षिप्त हैं। कहानी मुख्यतः रानी का अपने आप से संवाद है। घर की बात-चीत और रानी का कल्पना लोक कहानी में साथ-साथ चलते हैं। यह शिल्प की नाटकीय युक्ति भी है। इसे प्रभावशाली ढंग से कथा-गठन का हिस्सा बना लेना ममता कालिया की क्षमता का प्रमाण है।

उमस

□ ममता कालिया

पति का ख़याल था कि पत्नी के रूप में वह एक गोल व्यक्तित्व बनती जा रही थी। देह, दिल और दिमाग के कई कोण घिसते जा रहे थे। यह एक ऐसी प्रक्रिया थी जो लाख मेकअप और गेटअप के बावजूद रुकी नहीं थी। शुरू में वह और उसका पति दोनों, हमउम्र, हमपेशा और हमखयाल थे, पर यकायक न जाने कब उसके ऊपर जंग और धूल जमने लगी। उसका पति एक तेज-तर्रार आदमी था जिसे हरवक्त रफ्तार पसंद थी, प्यार, व्यापार और व्यवहार में। उनके घर आनेवालों में थोड़े-थोड़े दिनों बाद रद्दोबदल होती रहती। पिछले साल के दोस्त पिछले कैलेंडर के साथ खारिज कर दिए जाते; फिर कुछ नए चेहरे आने लगते। रानी को कुछ दिन अटपटा लगता, कई बार बातों में वह नए मित्र को पुराने मित्र के नाम से संबोधित कर देती, पर उसके पति से ऐसी गलती हरगिज न होती। वह लगातार समकालीन रहता, जबकि, वह कई दिनों तक तत्कालीन बनी रहती। नए आनेवाले लोगों के नए अंदाज थे, बैठने के, सिगरेट की राख झाड़ने के, प्याले की तली में चाय की अंतिम बूँदें छोड़ने के। वे रानी से कुछ नहीं कहते, फिर भी उसे कुछ परेशानी महसूस होती। वह हर चेहरे में एक पिछली परछाईं ढूँढ़ती। उसके जेहन में चीजों की निरंतरता थी, जो बार-बार टूट जाती।

ऐसा हो जाना शायद उसके लिए एक स्वाभाविक परिणति थी।

घर के अंदर के वातावरण में तारतम्यता थी, निरंतरता और दैनिकता

की मिली-जुली उपलब्धि। दोपहर में रानी गृहलक्ष्मी कार्यक्रम आकाशवाणी से सुनती और सुनते-सुनते उसे झपकी लग जाती। ज्यादातर उसकी आँख सास की डपट से खुलती, "बाल-बच्चेवालियाँ कहीं दिन दोपहर इस तरह पैर फैलाकर सोती हैं, अरे, थोड़ी देर सूई सलाई लेकर बैठ, कपड़े पड़े हैं इस्त्री फेर ले। शाम का काम अभी शुरू भी नहीं किया तूने!"

वह हड़बड़ाकर उठती। उठते ही काम अपने आठ-आठ पंजों से उसे जकड़ लेता। वह एक काम पूरा करती तो दूसरा अधूरा रह जाता, दूसरे पर ध्यान देती तो तीसरा काम कहीं से उग आता। इस सारी प्रक्रिया में रात तक वह एक हाय हाय व्यक्तित्व बन जाती। इसके विपरीत ज्यों-ज्यों रात गहराती, उसका पति और ज्यादा सचेत, सक्रिय और बातूनी बनता जाता। वह हर बात पर सुभानअल्ला किस्म की दाद चाहता और अपने अगले कार्यक्रम के नक्शे सुनाता। रानी की इच्छा होती वह एक शव की तरह निस्पंद पड़ जाए पर उसका पति विनोद अपने नाम को सार्थक करता हुआ चुहल के मूड में रहता। उसकी जड़ता से विनोद कई बार खीझता और दोनों के बीच अनबोला हो जाता। तब एक दूसरे को समझना और भी मुश्किल हो जाता। हालाँकि विनोद कभी पत्नी की शिकायत नहीं करता था, फिर भी माँ को एकदम पता चल जाता कि दोनों के बीच तनाव है। वे तब तानाशाह की तरह रानी से काम करवातीं और साथ ही हर काम पर अपनी टिप्पणी लगाती जातीं, "न करो तो हर काम बड़ा है, करो तो कुछ भी नहीं है। तेरी उमर पर मैं आधी-आधी रात तक कपड़े धोया करती थी, चक्की चलाना, भैंस की सानी पानी करना, कंडी बनाना, सीना-पिरोना—इस सबकी तो गिनती ही नहीं थी। औरत जात का काम प्यारा होता है, चाम नहीं। तुझे तो हिरनी की तरह होना चाहिए, बारहसिंगे की तरह नहीं कि बस सींग अड़ाती डोले।"

रानी धीरे-धीरे, हारे हुए हाथों से काम में लगी रहती। माँ उसके हाथ से पोचे की बाल्टी या सब्जी की टोकरी छीन लेतीं। गजब की फुर्ती थी उनके काम में। वे काम निपटातीं, "तुझे यह भी नहीं पता कि मरे-मरे हाथ चलाने से घर का दलिद्दर कभी नहीं भागता। जल्दी कर, फटाफट खाना बना डाल, मुझे सत्संग में जल्दी जाना है।"

रानी ठिठक जाती, ''माँ ऐसा नहीं हो सकता कि मैं सत्संग में चली जाऊँ और तुम आज घर देख लो?''

माँ बिगड़ जातीं, ''तेरी ये ही बेतुकी बातें मुझे बुरी लगती हैं रानी। वहाँ क्या नौटंकी लगी है।''

रानी को ये सब बातें सुनाई नहीं देतीं। अपनी बात कहने के साथ ही वह जैसे अपने आप को देख लेती—उसने बाजार से दो धोतियाँ खरीदी हैं, उसने उन्हें गेरू से रंग लिया है, उसने रुद्राक्ष की माला पहन ली है, पैर में खड़ाऊँ हैं, हाथ में खड़ताल और वह किसी सुरम्य घाटी में बैठ उन्मुक्त कंठ से गा रही है। फ़िल्म, दूरदर्शन और अपनी कल्पना के मेलजोल से बना यह धारावाहिक दृश्य चलता रहता कि अचानक माँ की तेज चेतावनी आती, ''तुझे दिखता नहीं है सामने दूध उबलकर फैल रहा है और तू लट्ठ सी खड़ी की खड़ी।''

रानी अपनी निरंतरता में से निकल नहीं पाती, ''माँ कभी कोई गलती तो मुझे अपने आप कर लेने दिया करो।''

माँ गुस्सा हो जातीं, ''क्यों करेगी तू गलती? अरे जब हम बैठे हैं बताने सिखाने वाले, तुझे फिकर क्या है। जैसे मैं कहती हूँ, आँख मूँदकर करती चल, मजाल है कोई गलती हो जाए!''

रानी रसोई से हटकर कमरे में आ जाती।

कमरे में हमेशा की तरह खूब से लोग बैठे होते। वह उनमें से एक-दो चेहरे ही पहचानती। वे चुप बैठे होते जबकि दूसरे नए चेहरे बड़े जोर-शोर से बहस में लगे होते। बहस ज्यादातर किसी नए प्रश्न पर होती, 'साहित्य में इक्कीसवीं सदी कैसे आएगी।' 'पाकिस्तान के पास बम है या नहीं।'

ऐसे ही एक मौके पर रानी ने कह दिया, ''यह तो बिल्कुल ऐसा सवाल है जैसा पिछले दिनों छपी एक कहानी में था कि दादी के पास छप्पन तोले की करधन है या नहीं।''

विनोद ने गुस्से से उसकी तरफ देखा। यह उसके अंदर चले जाने का सिगनल था।

''जिन बातों को नहीं समझती उनमें बोलती क्यों हो? एक शुद्ध राजनीतिक बहस में कहानी की बात कहाँ से आ गई?'' विनोद ने बाद में

डाँटा, ''इतनी बेतुकी बातें तुम्हारे दिमाग में भरी रहती हैं। कई बार मुझे हैरानी होती है, कैसे तुमने बी. ए. पास किया।''

''मुझे अफसोस है कि मैंने बी. ए. पास किया। इसकी भी जरूरत नहीं थी।''

''अच्छा ज्यादा बोलने की जरूरत नहीं है।''

''बोलेगी तो यह जरूर, चाहे बात में तुक हो या नहीं। ऐसे ही सारा दिन मेरे साथ बहस में पड़ी रहती है।'' माँ अपने संवाद के साथ मंच पर आ जाती, ''तेरे से तो चलो मिलने वाले आते हैं, तू मर्द है, पर यह वहाँ मर्दों के बीच बार-बार क्या करने जाती है? यह नहीं कि औरत की तरह चाय रखकर अंदर चली आए।''

''क्यों होती जा रही हो इतनी अजीब तुम!'' विनोद कहता।

''मैंने कोई अनर्थ तो नहीं कर दिया, एक छोटी-सी बात थी वह।''

''पर कितनी बेतुकी, बेवक्त?''

रानी वहाँ से हट गई। कमरे में धुले हुए कपड़ों का बेतरतीब ढेर पड़ा था। कपड़ों के बीचोंबीच बैठ वह तह लगाने लगी। सुस्ती आने लगी तो वह उन्हीं के बीच सो गई। यकायक झंझोड़े जाने से उसकी नींद टूटी। यह उसका बेटा था, पवन।

''माँ एक प्याला चाय बना दो।'' पवन ने कहा। रानी ने उनींदी आँखों से अपने बेटे की तरफ देखा। बेटा उससे एक हाथ लंबा हो रहा था। अब न वह उसके बालों में तेल लगा सकती थी, न उसका कॉलर ठीक कर सकती थी। कद के हिसाब से वही घर में सबसे संक्षिप्त थी।

''चाय तो मुझे भी पीनी है पर बनाएगा कौन?'' रानी ने कहा।

''और कौन बनाएगा, जल्दी करो, मुझे प्रैक्टिस पर जाना है।'' पवन ने कहा और अपने कमरे की ओर चला गया।

रानी कुछ देर वैसे ही बैठी रही। उसने अपने आप को बेहद फँसा हुआ पाया। बिना चौके में गए चाय बननी मुमकिन नहीं थी और चौके का मतलब था चखचख। जाए न जाए के बीच अपनी सुस्ती खोलती न खोलती अंततः जब तक रानी ने चाय बनाई, पवन बिना चाय पिए खेलने के लिए चला गया था।

'मुझसे कोई भी काम ठीक से नहीं होता।' रानी ने सोचा और दुखी हो गई। उसने भी चाय नहीं पी। वह देर तक खिड़की से पवन की राह देखती रही। बाहर आसमान था और आसमान में पतंगें। पतंग और पंछी अपनी बिसात भर उड़ानें भरते और अधिक से अधिक आगे जाने की कोशिश करते। रानी के पाँव अनजाने उचकने लगे। उसे लगा वह डोर का अंतिम सिरा पकड़कर लटक जाए या पक्षियों की डार में पहुँच जाए। जब तक पवन घर आया, रानी बहुत परेशान हो चुकी थी।

"तू बिना चाय पिए चला गया और इतनी देर में आया है।"

"एक घंटे में तो आ गया हूँ, तुम इतनी देर लगा देती हो हर काम में।"

"अच्छा अब कहीं न जाना। मैं चाय लाती हूँ।"

तभी माँ अपने कमरे से आ गईं, "रानी यह बच्चे को चाय पिलाने का वक्त है या खाना खिलाने का? सारा दिन तुझे चाय का खब्त सवार रहता है, यही बच्चों को लगा दे। इसका पेट चौपट हो जाएगा। बेटे चाय से कलेजा जल जाता है।"

पवन दादी का प्यार पा कर मचल गया, "मैं कहाँ माँग रहा हूँ, माँ खुद कह रही थीं।"

"पर खाना तो अभी तैयार ही नहीं है।" रानी ने कहा।

"कैसे तैयार होगा? तू दो घंटे से खिड़की पर खड़ी है, काम क्या भूत-प्रेत करेंगे?"

"हुआ क्या माँ कि मैं सोचने लगी पवन के लिए इस वक्त दमआलू और पूरी बना दूँगी। खयाल ही खयाल में तो मैं बना भी चुकी थी।"

"धन्य हो बहूरानी, आज हम लोग खयाल खाएँगे या कुछ करोगी भी।"

"माँ सारी दुनिया आज जेट रफ़्तार से चल रही है और तुम अभी फैजाबाद पैसेंजर ही बनी हुई हो।" पवन ने कहा।

रानी को लगा झूठ है यह बात। वह सुस्त नहीं है। जब सारे काम ही बेमजा हों, तो रानी क्या करे, कैसे अपना मन जोड़े इन टके टके के कामों से?

विनोद ने झींककर कहा, "इससे तो अच्छा है एक नौकर रख लें हम लोग।"

माँ बिगड़ गई, "और यह क्या करेगी? आराम? फिर तो यह और भी बिगड़ जाएगी।"

रानी को हँसी आ गई। उसे सुधारने का बीड़ा उठा रखा है माँ ने, जबकि वे खुद आदर्श नहीं हैं। कितनी ऐसी छोटी-बड़ी बातें हैं जिनमें उन्हें बहुत कुछ सीखना है। समझते हुए भी रानी नहीं बोलती, क्योंकि सच बोलने से घर का माहौल हमेशा खराब होता है।

टी. वी. पर क्रिकेट मैच आ रहा था। जिन दिनों मैच आता, घर में और कोई काम ही न होता। हर आदमी अपना छिटपुट काम लेकर टी. वी. के सामने होता। इच्छा रानी की भी होती कि, गैस उठा कर बैठक में ले जाए और वहीं खड़े होकर खाना बनाए। पर यह मुमकिन नहीं था। लिहाजा वह आते-जाते, एक सब्जी और दूसरी सब्जी के बीच टी.वी. के पास ठिठककर खड़ी हो जाती। जैसे ही पवन कहता, "माँ बैठो।" वह चल देती, "अभी नहीं, मैं तो यों ही खड़ी हो गई थी।"

रसोई में कुकर की सीटी और खलबल कुछ देर उसे सुनाई न देती। दिमाग में गेंद फेंकता इमरान और चौका मारता गावस्कर रहता। किसी तरह जल्दी-जल्दी काम निपटाकर वह बेटे के पास बैठ जाती।

एक गेंद पर खूब ताली बजी तो रानी ने कहा, "क्या शॉट लगाया है कपिल देव ने।"

पवन एकदम चिढ़ गया, "वह कपिल नहीं वेंगसरकर है, माँ।"

"ऐसा कैसे हो सकता है? यह तो कपिल ही है।"

"जो बात तुम जानती नहीं, उसके बीच में बोलती क्यों हो?" विनोद ने खीझकर कहा, "चुप नहीं रह सकतीं?"

"यह ऐन मेन कपिल है और यह कह रहा है, वेंगसरकर है।"

पवन ने गुस्से में अपने बाल नोच लिए, "माँ तुम बिल्कुल पागल हो गई हो। इतनी बेसिर पैर की बात करने से अच्छा है तुम्हें पहले कुछ पता हो। इतना जमकर कपिलदेव कभी खेलता ही नहीं, वह तो फरमायशी शॉट लगाने में यकीन करता है। आया, धुआँधार दस-बारह रन बनाए और आउट।"

"अच्छा यह बता, दोनों की शक्ल मिलती है? दोनों के दाँत मिलते हैं या मूँछें या हँसी?"

"होगा, लेकिन वेंगसरकर एकदम पॉलिश्ड गेम खेलता है, उसकी जानकारी और अदाकारी टॉप की है।"

"फिर भी लगता तो यह कपिल ही है।" रानी ने कहा।

पवन ने धीरे से माँ को धकेला, "माँ तुम जाओ यहाँ से। गेम का सारा मजा खराब कर रही हो।"

घर का माहौल खराब न हो जाए, इस डर से रानी रसोई में लौट गई। यहाँ चूल्हे पर दाल का संगीत था, बर्तनों का वाद्य था और काम का कोरस। लेकिन रानी की इच्छा वहाँ ठहरने की न हुई। बगल के कमरे में बिस्तर पर वह औंधे मुँह पड़ गई। थोड़ी देर बाद सीधी होकर वह लेट गई, बिना तकिए, बिना चादर के। लेटे-लेटे उसे लगा यह बिस्तर नहीं कब्र है जिसमें वह पड़ी है, निस्पंद, निश्चेष्ट। उसके आसपास गहरा गाढ़ा अँधेरा है। कभी न खत्म होने वाली एक निरंतरता उसे मिल गई है; उसमें न किसी की डाँट है, न फटकार, न आरोप न खंडन। यहाँ वह पूरी तरह स्वतंत्र और स्वधर्मी है। वह अपने फैसले खुद ले सकती है। अपनी गलतियाँ स्वयं कर सकती है। यह उसका साम्राज्य है। इसमें उसे कोई उठने दौड़ने के लिए मजबूर नहीं कर सकता। बजती रहें घंटियाँ, फोन की, दरवाजे की, कमरे की। उसे किसी से मतलब नहीं। वह एक लंबी आरामतलबी करेगी अब।

उदय प्रकाश

उदय प्रकाश हिंदी के उन कहानीकारों में से हैं जिन्होंने पिछले कुछ वर्षों में अपनी अलग पहचान बनाई है। उदय प्रकाश का जन्म सन् 1952 में मध्य प्रदेश के शहडोल जिले के एक गाँव सीतापुर में हुआ। वे विविधमुखी प्रतिभा के धनी रचनाकार हैं। उन्होंने विज्ञान में स्नातक और हिंदी साहित्य में स्नातकोत्तर उपाधि प्राप्त की। उसके बाद वे नई दिल्ली के जवाहरलाल नेहरू विश्वविद्यालय में शोध एवं अध्यापन करते रहे। उन्होंने मध्य प्रदेश प्रशासनिक सेवा के अंतर्गत मध्य प्रदेश शासन के संस्कृति विभाग में कार्य किया। मीडिया के क्षेत्र में वे संपादन, पटकथा लेखन और फिल्म निर्माण में सक्रिय रहे हैं। वे 'दिनमान' तथा 'संडे मेल' जैसे प्रतिष्ठित पत्रों के संपादन विभाग में भी रहे। इंडिपेंडेंट टेलीविजन तथा प्रेस ट्रस्ट ऑफ इंडिया के टेलीविजन विभाग में विचार और पटकथा प्रमुख रहे तथा टाइम्स रिसर्च फाउंडेशन में पत्रकारिता का अध्यापन किया।

साहित्यकार के रूप में उदय प्रकाश की कविताओं और कहानियों को राष्ट्रीय एवं अंतर्राष्ट्रीय पहचान मिली है। उनकी रचनाएँ सभी प्रमुख भाषाओं में अनूदित हुई हैं। वे स्वयं भी कुशल अनुवादक हैं। उन्होंने अंग्रेजी से हिंदी में अनेक महत्त्वपूर्ण पुस्तकों के अनुवाद किए हैं।

उनकी प्रकाशित कृतियों में काव्य संग्रह हैं–'सुनो कारीगर', 'अबूतर-कबूतर', 'रात में हारमोनियम'। अनेक कहानी संग्रह हैं–'दरियाई घोड़ा', 'तिरिछ', 'और अंत में प्रार्थना', 'पॉल गोमरा का स्कूटर', 'पीली छतरी वाली लड़की', 'दत्तात्रेय के दुख', 'अरेवा-परेवा', 'मेंगोसिल', 'मोहनदास'।

'ईश्वर की आँख' उनका निबंध संग्रह है।–साहित्य को निश्चित स्थापित ढाँचों से अलग कर उदय प्रकाश ने अपनी रचनात्मकता का प्रमाण दिया है। वे निरंतर सृजनशील हैं। अलग-अलग विधाओं कविता, कहानी, निबंध, आलोचना, संस्मरण, पटकथा, अनुवाद में उनकी कलम लगातार नए-नए क्षितिज प्राप्त कर रही है।

उदय प्रकाश की कहानियाँ सरल नहीं, अत्यंत जटिल हैं। यह कहानियाँ एक कठिन समय का साक्षात्कार हैं। इनमें कहानीकार एक कुशल किस्सागो की भाँति स्वयं रस लेकर स्थितियों का संयोजन करता है। यह कथाएँ सामाजिक विषमता झेलते आम आदमी की कहानियाँ हैं जिनमें पाठक को अपना चेहरा दिखाई पड़ता है। इन कहानियों का संदर्भ अत्यंत व्यापक है। उनमें पूरा इतिहास और मिथक बसे हुए हैं। वह अपने समय का रिपोर्ताज भी हैं और उसकी समीक्षा भी। कहानीकार जिस तरह स्थितियों-घटनाओं को बुनता है, वे सभी एक बिंदु पर पहुँचकर शोषण करने वाली ताकतों के विरुद्ध एक करुण लेकिन सशक्त चीख में बदल जाती है। ये कहानियाँ सत्ता और पूँजी के उभरते समीकरणों के बीच मनुष्य की कोमल संवेदनशीलता को बचाने के लिए हस्तक्षेप करती हैं।

अपराध

उदय प्रकाश अपनी लंबी कहानियों के लिए विख्यात हैं। 'और अंत में प्रार्थना', 'पॉल गोमरा का स्कूटर', 'वॉरेन हेस्टिंग्स का साँड़' ऐसी ही अविस्मरणीय कहानियाँ हैं। प्रस्तुत कहानी–'अपराध' छोटी-सी कहानी है और कहानी से भी अधिक वह आत्मकथ्य है। इसमें दो भाइयों के जीवन में एक छोटे-से प्रसंग का वर्णन है। घटना साधारण और प्रायः कभी न कभी सभी के जीवन में घटी घटना जैसी है लेकिन उदय प्रकाश उसी साधारण घटना को उसके साधारणत्व से मुक्त कर उसे एक सामाजिक-नैतिक प्रश्न बना देते हैं।

कहानी का कथानायक (मैं) अपने बचपन की उस घटना को याद करता है जब उससे अपने भाई के प्रति एक ऐसा अपराध हो गया था जिसके लिए भाई को सजा भुगतनी पड़ी और अब बरसों बाद भी वह स्वयं को क्षमा नहीं कर पाया है। यह घटना बचपन के एक खेल से जुड़ी है। बारिश के बाद की खिली धूप में सब बच्चे 'खड़ब्बल' का खेल खेलने गए। यह खेल ताकत और वेग का खेल था। छोटा होने के कारण कथानायक इसमें पिछड़ जाता है और बड़े भाई कई बार पिछड़ने के बाद और अधिक ताकत से खेलने पर जीतने लगते हैं। भाई अपने खेल में इतने डूब गए कि उन्हें छोटे भाई के साथ होने का अहसास भी न रहा। छोटे भाई के लिए यह उपेक्षा असहनीय थी। वह भाई के प्रति ईर्ष्या से अधिक बदले की भावना से भर गया। तभी अचानक चट्टान से टकराकर उसका खड़ब्बल उसके माथे पर लगा और उसका सिर फूट गया। खून से लथपथ वह घर पहुँचा और झूठ कह दिया कि भाई ने उसे खड़ब्बल से मारा है। इसके बाद जो हुआ उसकी उस बच्चे ने कल्पना भी न की थी। पिताजी गुस्से में भाई को पीटने लगे। उस समय उसने भाई के चेहरे पर जो त्रास और वेदना देखी उसे वह जीवन में कभी भुला नहीं पाया। भाई की बेबस निगाहें उसे पुकार रही थीं कि वह सच बोल दे लेकिन उस परिस्थिति में उसे सच बोलने का नैतिक साहस न हुआ। उसे डर था कि क्षण भर बाद ही अपनी बात से पलटने पर कहीं पिताजी उसे ही न पीटने लगें।

भाई बिना अपराध के पिट रहे थे। उनकी बेगुनाही कथानायक के सच बोलने पर टिकी थी। वे उसके लिए कितनी बार खेल में हारे थे। उन्हें उसका कभी दुःख नहीं हुआ था लेकिन आज वे भयभीत और त्रस्त थे। उनकी आँखों में लाचारी और करुणा थी। वे उससे सच बोलने की भीख माँग रहे थे। उन्हें उस अपराध की सजा मिल रही थी जो उन्होंने किया ही नहीं। उस समय कथानायक साहस नहीं कर पाया लेकिन बरसों के अंतराल में

अपनी स्मृति में उसे वह घटना बार-बार पीड़ा पहुँचाती रही। भाई की करुण-कातर आँखें उसकी चेतना को कई वर्षों से बेचैन कर रही थीं।

कहानी के केंद्र में बस यही घटना है। कहानी किसी निश्चित अंत की ओर नहीं मुड़ती। कहानी का 'मैं' अपने अपराध के लिए क्षमा-याचना करना चाहता है लेकिन अब माँ और पिताजी नहीं रहे जिन्हें कहकर, सब बताकर शायद उसकी आत्मा मुक्त हो जाती। भ।ई क्षमा कर सकते थे लेकिन उन्हें वह घटना याद ही नहीं थी। यह ऐसा अपराध था जिसके विषय में लिया गया निर्णय गलत और अन्यायपूर्ण था लेकिन अब उसे बदला नहीं जा सकता था।

यह स्थिति केवल व्यक्तिगत नहीं है। सामाजिक जीवन में भी स्थिति समान ही है। बरसों बाद ऐतिहासिक परिप्रेक्ष्य में देखने पर लगता है कि जीवन का कोई निर्णय केवल गलत ही नहीं अमानवीय एवं अन्यायपूर्ण था लेकिन यह प्रश्न फिर भी बना रहता है कि 'क्या उसे बदला जा सकता है?' अधिकतर इस नैतिक संकट से मुक्त नहीं हुआ जा सकता क्योंकि आप अतीत में जाकर उस निर्णय को बदल नहीं सकते और उससे जो स्थितियाँ पैदा होती हैं उन्हें लाचारी और विवशता में झेलना ही आपकी नियति बन जाता है। यह ऐसा अपराध है जिसके लिए कोई आपको क्षमा नहीं कर सकता। इसीलिए उससे आपकी मुक्ति असंभव है।

उदय प्रकाश की कहानियाँ उद्देश्य की दृष्टि से मानवीय संकट का बोध पैदा करती हैं लेकिन यह उद्देश्य कहानी में जिस तरह गूँथा जाता है वह पाठक को अद्‌भुत विस्मय से भर देता है। एक कुशल किस्सागो की तरह वे स्वयं वर्णन में रस लेने लगते हैं। इस कहानी में भी लेखक दो भाइयों को केंद्र में रखकर कहानी बुनता है। कहानी का वाचक 'मैं' अपने बड़े भाई से छह साल छोटा था। यहीं लेखक एक अजब पेंच (Twist) खड़ा करता

जो कुछ मैं बताने जा रहा हूँ, उसका संबंध भाई और मुझसे ही है। यह बहुत महत्त्वपूर्ण घटना है। ऐसी घटना जो जीवन भर आपका साथ नहीं छोड़ती और अक्सर स्मृति में, बीच-बीच में, कहीं अचानक सुलगने लगती है। किसी अंगारे की तरह।

हुआ उस दिन यह कि मैं भाई के साथ खेलने गया। उस दिन बारिश हो चुकी थी और शाम की ऐसी धूप फैली हुई थी जो शरीर में उल्लास भरा करती है। ऐसे में कोई भी खेल बहुत तेज, गतिमय और सम्मोहक हो जाता है।

सभी लड़के खड़ब्बल खेल रहे थे। लकड़ी की छोटी-छोटी डंडियाँ हर लड़के के पास थीं। पूरी ताकत से खड़ब्बल को जमीन पर, आगे की ओर गति देते हुए, सीधे मारा जा रहा था। ताकत और संवेग से नम धरती पर गिरा हुआ खड़ब्बल गुलाटियाँ खाते हुए बहुत दूर तक जाता था।

मुझमें न इतनी ताकत थी, न मैं इतना बड़ा था कि खड़ब्बल उतनी दूर तक पहुँचाता, जबकि वहाँ एक होड़, एक प्रतिद्वंद्विता शुरू हो चुकी थी। कोई भी हारना नहीं चाहता था। यह एक ऐसा खेल था, जिसमें कोई पाली नहीं होती, कोई किसी का जोड़ीदार नहीं होता। हर कोई अपनी अकेली क्षमता से लड़ता है।

भाई भी उस खेल में डूब गए थे। वे कई बार पिछड़ रहे थे, इसलिए गुस्से और तनाव में और ज्यादा ताकत से खड़ब्बल फेंक रहे थे।

वे मुझे भुला चुके थे। और मैं अकेला छूट गया था। छह वर्ष पीछे। कमजोर। उस दिन, उस खेल में शामिल होने के लिए मुझे छह वर्षों की दूरी पार करनी पड़ती, जो मैं नहीं कर सकता था।

भाई जीतने लगे थे। उनका चेहरा खुशी और उत्तेजना में दहक रहा था। उन्होंने एक बार भी मेरी ओर नहीं देखा। वे मुझे पूरी तरह भूल चुके थे।

मुझे पहली बार यह लगा कि मैं वहाँ कहीं नहीं हूँ।

मुझे रोना आ रहा था और भाई के प्रति मेरे भीतर एक बहुत जबर्दस्त प्रतिकार पैदा हो रहा था। मैं अपने खड़ब्बल को, अकेला अलग खड़ा हुआ एक पत्थर पर पटक रहा था। मैं ईर्ष्या, आत्महीनता, उपेक्षा और नगण्यता की आँच में झुलस रहा था।

तभी अचानक मेरा खड़ब्बल चट्टान से टकराकर उछला और सीधे मेरे माथे पर आकर लगा। माथा फूट गया और खून बहने लगा। मैं चीखा तो भाई मेरी ओर दौड़े। खेल बीच में ही रुक गया था।

'क्या हुआ? क्या हुआ?' भाई घबरा गये थे और मेरे माथे को अपनी हथेली से दबा रहे थे। मेरा गुस्सा मिटा नहीं था। मैं भाई को अपनी उपेक्षा का दंड देना चाहता था।

मैंने भाई को झटक दिया और खुद को छुड़ाकर घर की ओर भागा। भाई डर गये थे और दौड़कर मुझे मनाना चाहते थे। लेकिन उनका दायाँ पैर पोलियो का शिकार था इसलिए वे मेरे साथ दौड़ नहीं सकते थे। उन्होंने लँगड़कार दौड़ने की कोशिश भी की लेकिन वे गिर गए।

मेरी कमीज खून से भीग गयी थी। सिर के बाल खून से लिथड़ गए थे। माँ मुझे देखकर डर गयीं और रोने लगीं। पिताजी घबराए हुए घाव पर पावडर डालने लगे।

मैंने रोते हुए माँ को बताया कि मुझे भाई ने खड़ब्बल से मारा है।

तभी मैंने देखा कि भाई लँगड़ाते हुए चले आ रहे थे। अकेले। उनको आशंका हो गयी होगी। वे डरे हुए रहे होंगे।

भाई बार-बार कहते रहे कि मैंने इसे नहीं मारा, लेकिन पिताजी उन्हें पीटे जा रहे थे। भाई रो रहे थे। वे सच बोल रहे थे, लेकिन उन्हें सजा मिल रही थी।

मैंने भाई का चेहरा देखा। वे मेरी ओर देख रहे थे। उनकी आँखें लाल थीं और उनमें करुणा और कातरता थी, जैसे वे मुझसे याचना कर रहे हों कि मैं सच बोल दूँ। लेकिन तब तक देर हो चुकी थी। उन्हें सजा मिल चुकी थी। फिर इतनी जल्द बात को बिल्कुल बदलना मुझे संभव भी नहीं लग रहा था। क्या पता, पिताजी फिर मुझे ही मारने लगते! मैं डर रहा था।

यह घटना वर्षों पुरानी है। लेकिन भाई की वे कातर आँखें अब भी मुझे कभी-कभी घूरने लगती हैं। याचना करती हुई, सच बोलने की भीख माँगती हुई। मेरी स्मृति में जब भी वे आँखें जाग उठती हैं, मेरी पूरी चेतना ग्लानि, बेचैनी और अपराध-बोध से भर उठती है।

सरूर	-	हल्का नशा, आनंद
ठगिनी	-	ठगने वाली स्त्री, माया
झमकावै	-	झमकाना, मटकाना
बदमस्त	-	जो शराब आदि के कारण बहुत अधिक अचेत हो, मदोन्मत्त

आदमी का बच्चा–यशपाल

सुलगाना	-	जलाना
विलायत	-	विदेश
उत्तरदायित्व	-	जिम्मेदारी
पर्याप्त	-	काफी
उच्छृंखलता	-	बंधन न मानना, निरंकुशता
उद्विग्नता	-	परेशानी, चिंता
वज्रपात	-	बिजली गिरना
समर्थन	-	किसी का पक्ष लेना
विचित्र	-	अनोखा, अद्‌भुत
नस्ल	-	जाति
मुँदी हुई	-	बंद

अपना अपना भाग्य–जैनेंद्र

बेरोक	-	बिना क़िसी रोक के
पार्श्व	-	बगल में (निकट)
सुरम्य	-	सुंदर
प्रमोद-गृह	-	मनोरंजन-कक्ष
सधैर्य	-	धैर्य के साथ

प्रतिस्थापित	-	एक वस्तु के बदले में दूसरी वस्तु रखना
एकाग्र	-	अचंचल, जिसका ध्यान एक ही वस्तु में लगा हो
एकस्थ	-	एक वस्तु में स्थित
एकनिष्ठ	-	एक के प्रति निष्ठा
तत्काल	-	उसी क्षण, उसी समय
अविरत	-	निरंतर चलने वाला, विरामहीन
निश्शंक	-	जिसे किसी प्रकार की शंका न हो, निडर
निरापद	-	आपत्ति से रहित, सुरक्षित
परिवेष्टन	-	चारों ओर से घिरा हुआ
क्षीण	-	कमजोर
स्तब्ध	-	जड़, आश्चर्यचकित
बिंबित	-	झलकना
पुंजीभूत	-	इकट्ठा
घनीभूत	-	गाढ़ा, गहरा
प्रलय	-	नाश
संसृति	-	सृष्टि, संसार
निर्भेद	-	जिसे भेदा न जा सके
निर्जन	-	एकांत, सुनसान
शुभ्र	-	सफेद
मूक	-	चुप, मौन

हीली-बोन् की बत्तखें–अज्ञेय

तरतीब	-	सलीके से, क्रम, सिलसिला
जरेनियम	-	एक प्रकार का पौधा
बेंत	-	लकड़ी की छड़ी
प्रतिच्छवि	-	प्रतिमा, प्रतिबिंब

शिथिल	-	ढीला पड़ना
तंद्रामय	-	शिथिलता युक्त, उनींदा
उद्वेलित	-	बेचैन, परेशान
रुद्ध	-	रुका हुआ
हठात्	-	जबरदस्ती
ठिठकना	-	एकाएक रुक जाना
रवहीन	-	बिना आवाज के
ठेलता हुआ	-	धक्का देकर
विनीत	-	विनयी, नम्र
सुलभ	-	आसानी से उपलब्ध होने वाला
आगंतुक	-	आने वाला
स्याह	-	काला
ढिठाई	-	धृष्टता, बेअदबी
शगल	-	मन बहलाने वाला काम
शालीन	-	सभ्य
दुरंगी	-	दो रंग वाली
ललाई	-	लाल रंग
दीप्त	-	प्रज्वलित, प्रभासित
आलोक	-	उजाला
परिपार्श्व	-	पृष्ठभूमि, पीछे की
स्मारक	-	चिह्न
ताम्र-मुकुर	-	ताँबे का शीशा
तिरोहित	-	छिपना
मूर्त्त	-	साकार, ठोस
अधिष्ठात्री	-	मुखिया, स्थापित करने वाली
मर्त्य	-	मरणशील, नश्वर
अनुसरण	-	पीछे चलना
विस्तीर्ण	-	फैला हुआ, विशाल
कनिष्ठा	-	छोटी

विद्रूप	-	कुरूप, भद्दा
कुटिल	-	चालबाज, दुष्ट
उल्लसित	-	हर्ष से भरा हुआ
उच्छ्वसित	-	प्रसन्न, चिंतामुक्त
लोलुप	-	लालची, लोभी
गर्वित	-	गर्व से भरा हुआ
याचक	-	माँगने वाला
पाप-संकुचित	-	बुरी भावना से युक्त
दर्प-स्फीत	-	घमंड से भरे हुए
मुद्राएँ	-	अदाएँ, भंगिमा
संताप	-	दुःख
दूषित	-	दोष युक्त, बुरा
यथार्थ	-	वास्तविक
अपरूप	-	कुरूप, भद्दा
अनर्थक	-	अर्थ रहित, बेमतलब
नाहक	-	व्यर्थ में
धमनी	-	नस
विरल	-	कम, थोड़ा
प्रत्याघात	-	पलटकर वार करना
आच्छादन	-	ढकना, छिपाना
शिथिल-गात	-	थका हुआ शरीर
आतुरता	-	अधीरता
गोपन	-	छिपाना, छिपाव
अचकचा	-	विस्मित होकर, चौंककर
प्रकृतिस्थ	-	स्थिर
उन्माद	-	पागलपन
अपलक	-	एकटक
अधैर्य	-	अधीरता
अचल	-	गतिहीन, स्थिर

थर्राती	-	काँपती हुई
अवाक्	-	मौन, चुप
निर्त्यास	-	अटूट, समग्र
चिरंतन	-	सदा रहने वाला
विजन	-	सुनसान, जनरहित

मन्नू भंडारी–अकेली

परित्यक्ता	-	जिसके पति ने उसे त्याग दिया हो
वियोग	-	बिछुड़ना
व्यवधान	-	बाधा
अंकुश	-	नियंत्रण
अबाध	-	बिना बाधा के
स्वच्छंद	-	स्वतंत्र
कुंठित	-	रोक लगा देना
अवयवों	-	अंगों
शिथिल	-	ढीला पड़ना
सक्रिय	-	क्रिया सहित
आक्रोश	-	क्रोध, गुस्सा
कटु	-	कड़वा
स्मरण	-	याद रखना
पुलकित	-	रोमांच होना, अति आनंदित
मौन	-	चुप
अभ्रक	-	चमकीला करने वाला पदार्थ
संयत	-	सँभला हुआ
धुँधलके	-	कोहरा

गर्मियों के दिन—कमलेश्वर

ईजाद	-	कोई नई चीज बनाना, आविष्कार
भाँपना	-	जान लेना
कुंठित	-	कुंद, रोक लगा देना
अरिष्टों	-	दवाओं से बनाया जाने वाला अर्क (रस)
आसवों	-	फूलों का रस, फल आदि के खमीर से तैयार किया हुआ अर्क
द्राक्षासव	-	सड़े अंगूरों से बनी मदिरा
खरल	-	पत्थर या लोहे का पात्र जिसमें दवाएँ कूटते घोंटते हैं
मुलाहिजे	-	लिहाज में
निरपेक्ष	-	किसी और की अपेक्षा न रखने वाला, उदासीन, तटस्थ
अनिवार्यता	-	बहुत जरूरी
मुस्तैदी	-	चौकन्नापन
औषधालय	-	दवाखाना

उषा प्रियंवदा—वापसी

विषाद	-	अवसाद, उदासी
कुरूप	-	बिना रूप का
बिछोह	-	बिछुड़ना
विलीन	-	छिपना
आकांक्षी	-	इच्छा रखने वाला
आग्रह	-	अनुरोध, जिद
सलज्ज	-	लज्जा के साथ
स्निग्ध	-	कोमल

कुंठित	-	कुंद या भोथरा किया हुआ
खिन्नता	-	अवसाद, उदासी
अर्घ्य	-	पूजा का जल
व्याघात	-	बाधा पड़ना
अस्थायी	-	जो स्थायी रूप से न हो
विस्मित	-	आश्चर्यचकित
लावण्यमयी	-	सुंदरता से भरी
नितांत	-	अकेला, बिल्कुल
निस्संग	-	बिना किसी संग के
विविध	-	बहुत प्रकार का
हस्तक्षेप	-	दखलंदाजी
तत्परता	-	जल्दी से

दोपहर का भोजन–अमरकांत

अनगिनत	-	असंख्य, जो गिना न जा सके
गमछा	-	बदन पोंछने का कपड़ा, अंगोछा
व्यग्रता	-	व्याकुल, परेशान
ओसारा	-	बरामदा
दार्शनिक	-	दर्शन को जानने वाला
पनियाई	-	जल से युक्त, बेस्वाद, फीकी
उपक्रम	-	प्रयास, आरंभ
ग्रास	-	कौर, निवाला
निहारा	-	गौर से देखा
रहस्यमय	-	रहस्य से भरा
तरकारी	-	पकी हुई सब्जी
उन्माद	-	पागलपन, सनक
अपेक्षाकृत	-	तुलना में

निर्विकार	-	विकार रहित, उदासीन
दृष्टिपात	-	देखना
दुरुस्त	-	जो अच्छी स्थिति में हो, ठीक
तदुपरांत	-	उसके बाद
अलगनी	-	कपड़े टाँगने वाली रस्सी

चीफ़ की दावत–भीष्म साहनी

फेहरिस्त	-	सूची
मुकम्मल	-	पूरा किया हुआ, संपूर्ण
क्षोभ	-	क्रोध
सुभीते	-	आराम से
खड़ाऊँ	-	लकड़ी से बनी पैर की चप्पल
संचालन	-	नियंत्रण, आयोजन
वार्तालाप	-	बातचीत करना
ओत-प्रोत	-	भरा हुआ
आराधना	-	पूजा, उपासना
चिरायु	-	बहुत दिन जीने वाला, चिरजीवी
निस्तब्धता	-	चेष्टाहीन
आलिंगन	-	लिपटाना, गले लगाना
उज्ज्वल	-	चमकता हुआ, स्वच्छ, निर्मल

ममता कालिया–उमस

साम्राज्य	-	एकछत्र राज्य
रद्दोबदल	-	परिवर्तन
समकालीन	-	आज के समय का

तत्कालीन	-	उस समय का
निरंतरता	-	लगातार
परिणति	-	परिणाम
तारतम्य	-	क्रम
निस्पंद	-	स्पंदनहीन, बिना हिले-डुले
सार्थक	-	अर्थपूर्ण, उपयोगी, लाभदायक, महत्त्वपूर्ण
जड़ता	-	चेतनाहीन
सुरम्य	-	अति रमणीय, मनोहर
उन्मुक्त	-	खुला
संक्षिप्त	-	छोटा
निश्चेष्ट	-	बिना चेष्टा के

उदय प्रकाश–अपराध

उत्तरदायित्व	-	जिम्मेदारी
संरक्षक	-	पालक-रक्षक, अभिभावक
गतिमय	-	तेज, गति से युक्त
संवेग	-	जोर से, धक्का देने से
प्रतिद्वंद्विता	-	प्रतियोगिता, प्रतिस्पर्धा
उत्तेजना	-	आवेश, जोश
नगण्यता	-	लघुता
कातरता	-	अश्रुपूर्ण, विवश, भयभीत, दीन
ग्लानि	-	खेद, पश्चात्ताप
याचना	-	प्रार्थना

कुछ और शब्द

अंतर्द्वंद्व	-	Inner Conflict
अंतर्विरोध	-	Contradiction
अभिशप्त	-	Condemned
अमानुषिक	-	Inhuman
अस्तित्व	-	Existence
आत्मसंघर्ष	-	Self Conflict
आदर्श	-	Ideal
आंदोलन	-	Movement
उपभोक्तावाद	-	Consumerism
दयनीय	-	Pathetic, Pitiable
चरमोत्कर्ष	-	Climax
परिवेश	-	Surrounding
प्रतिबद्धता	-	Commitment
प्रतिमान	-	Standard
प्रतीकात्मक	-	Symbolic
बिंब	-	Image
मनोग्रंथि	-	Complex
मातृसत्तात्मक	-	Matriarchial
यथार्थ	-	Real
व्यंजनात्मक	-	Idiomatic
विडंबना	-	Irony
विषमता	-	Disparity
विसंगति	-	Absurdity
समांतर	-	Parallel
त्रासदी	-	Tragedy

□□